## LA PAIX CHEZ LES BÊTES

Née en 1873 à Saint-Sauveur-en-Puisaye (Yonne), Sidonie Gabrielle Colette y vit jusqu'à son mariage en 1893 avec Henri Gauthier-Villars (dit Willy), à l'instigation de qui elle écrit la série des quatre *Claudine* (1900-1904). Divorcée en 1906, elle devient mime tout en continuant à écrire – romans ou souvenirs : *Les Vrilles de la vigne, La Vagabonde, Dialogues de bêtes, La Retraite sentimentale, L'Envers du music-hall*, etc. Elle donne des articles au *Matin* dont elle épouse le rédacteur en chef, Henry de Jouvenel (1912). Elle divorce en 1924, se remarie en 1935 avec Maurice Goudeket.
Membre de l'Académie royale de Belgique (1936) et de l'Académie Goncourt (1944), elle meurt à Paris en 1954. Par son style et l'ampleur de son œuvre, elle se classe parmi les meilleurs écrivains du XXe siècle.

COLETTE

# *La Paix*
# *chez les bêtes*

FAYARD

# AVERTISSEMENT

À l'heure où l'homme déchire l'homme, il semble qu'une pitié singulière l'incline vers les bêtes, pour leur rouvrir un paradis terrestre que la civilisation avait fermé. La bête innocente a le droit — elle seule — d'ignorer la guerre.

Dès le printemps de 1914, des passereaux nichèrent, respectés, dans la gueule ébréchée d'un canon. Entre deux combats, nos poilus ont élevé des merles, et plus d'un sansonnet, retourné aux bois, y siffle Rosalie. Des zouaves ont donné leur part de lait à un renard nouveau-né, qui se mourait dans le taillis ; et les ramiers, gorgés de riz, les faisans rassurés s'abattent sur les poings tendus qui, l'heure d'avant, jetaient la mort.

N'avez-vous pas ri comme moi de voir, au cinématographe, le petit chat noir qui joue à cache-cache de créneau en créneau, pendant le tir ? L'écureuil, le lapin, le rat même viennent s'asseoir dans la tranchée, s'y nourrir, écouter sans crainte la voix humaine, mendier un peu de chaleur...

J'ai rassemblé des bêtes dans ce livre, comme dans un enclos où je veux qu'« il n'y ait pas la guerre ». Quatre d'entre elles — Lola, Manette et Cora, et la chatte Nonoche — ont parlé déjà, qui dans Les Vrilles de la vigne, qui dans L'Envers du music-hall. Qu'elles entrent quand même, celles-là résignées à leur besogne d'artistes foraines, celle-ci béate et traînant son nourrisson gavé. Je dédie ce livre à n'importe quel soldat inconnu *que le printemps pourra revoir, sanguinaire, doux et rêveur comme le Premier Homme de la planète, étendu au long de sa bonne arme, une verte brindille aux dents, avec une couleuvre enroulée au poignet et un louveteau docile contre ses talons.*

COLETTE.

# « POUM »

« Je suis le diable. Le diable. Personne n'en doit douter. Il n'y a qu'à me voir, d'ailleurs. Regardez-moi, si vous l'osez ! Noir, — d'un noir roussi par les feux de la géhenne. Les yeux vert poison, veinés de brun, comme la fleur de la jusquiame. J'ai des cornes de poils blancs, raides, qui fusent hors de mes oreilles, et des griffes, des griffes, des griffes. Combien de griffes ? Je ne sais pas. Cent mille, peut-être. J'ai une queue plantée de travers, maigre, mobile, impérieuse, expressive, — pour tout dire, diabolique.

« Je suis le diable, et non un simple chat. Je ne grandis pas. L'écureuil, dans sa cage ronde, est plus gros que moi. Je mange comme quatre, comme six, — je n'engraisse pas.

« J'ai surgi, en mai, de la lande fleurie d'œillets sauvages et d'orchis mordorés. J'ai paru au jour, sous l'apparence bénigne d'un chaton de deux mois. Bonnes gens ! vous m'avez recueilli, sans savoir que vous hébergiez le dernier démon de cette Bretagne ensorcelée. « Gnome », « Poulpiquet », « Kornigaret », « Korrigan », c'est ainsi qu'il fallait me nommer, et non « Poum » ! Cependant, j'accepte pour mien ce nom parmi les hommes, parce qu'il me sied.

« Poum ! » le temps d'une explosion, et je suis là, jailli vous ne savez d'où. « Poum ! » j'ai cassé, d'un bond exprès maladroit, le vase de Chine, et « poum ! » me voilà collé, comme une pieuvre noire, au museau blanc du

lévrier, qui crie avec une voix de femme battue...
« Poum ! » parmi les tendres bégonias prêts à fleurir, et
qui ne fleuriront plus... « Poum ! » au beau milieu du nid
de pinsons, qui pépiaient, confiants, à la fourche du
sureau... « Poum ! » dans la jatte de lait, dans l'aquarium
de la grenouille, et « poum ! » enfin, sur l'un de vous.

« En trois secondes, j'ai tiré une mèche de cheveux,
mordu un doigt, marqué quatre fleurs de boue sur la robe
blanche et je m'enfuis... N'essayez pas de me retenir par
la queue, ou je jure un mot abominable, et je vous laisse
dans la main une pincée de poils rêches, qui sentent le
brûlé et donnent la fièvre !

« Les premiers jours, je vous faisais rire. Vous riez
encore, mais déjà je vous inquiète. Vous riez, quand
j'apporte auprès de vous, à l'heure du repas, un gros hanneton des dunes, jaspé comme un œuf de vanneau. Mais
je le mange — croc, croc, — avec une telle férocité, je
vide son ventre gras avec tant d'immonde gourmandise
que vous éloignez l'assiette où refroidit votre potage... Je
déroule pour vous, en serpentins gracieux, les entrailles du
poulet que vous mangerez ce soir, et je joue au salon,
dédaignant le ruban qui pend au loquet, avec un beau lom-
bric vivant, élastique et souple !...

« Je mange tout : la mouche verte et le crabe, la sole
morte sur le sable, l'orvet vivant qui brille dans l'herbe
comme une gourmette d'acier. Je tue la salamandre au
bord de la fontaine, pour entendre, quand elle meurt, sa
suffocation émouvante. Je carde, du bout des griffes, la
peau suintante du crapaud. J'ai sucé le lait de la chatte
grise, en la mordant exprès, et celui de la chienne colley,
pêle-mêle avec ses petits, ses énormes petits tout laineux.

« Depuis ce jour-là, les tétines de la chienne sont deve-
nues noires. Je suis malingre, malveillant, fétide. Quand
je crache de colère : « Khh !... », ma gueule fume, et vous
reculez !

« Vous reculez, mais j'avance, dévastateur et sociable.
Pourquoi me cacherais-je ? Je ne suis pas de ces démons

pusillanimes, terrés dans la cave, embusqués sous l'auvent du toit, ou grelottants dans le puits. Trois paroles pieuses, une goutte d'eau bénite, et les voilà en déroute. Mais moi ! je vis au grand jour, actif, dormant peu, voleur, macabre et gai.

« L'heure de midi, qui pâlit les yeux des chats, dessine à mon côté, sur la terrasse chaude, une ombre cornue, courte, presque sans pattes. J'ouvre les bras, je me dresse debout et je danse avec elle. Infatigables tous deux, nous joutons de légèreté. Quand je saute, elle s'éloigne, et nous retombons embrassés, pour recommencer plus fort, comme deux noirs papillons qui s'accolent, puis se disjoignent, puis s'accolent...

« Vous riez, sans comprendre. Les arabesques de ma danse, les signes maléfiques que j'écris dans l'air, les hiéroglyphes de ma queue qui se tord en serpent coupé, qu'y pouvez-vous lire ? Vous riez, au lieu de trembler, quand j'écrase sous moi, d'un bon définitif, l'ombre cornue, la démone jumelle que je sens palpiter et se débattre, l'ombre qui grandirait comme un nuage et couvrirait, d'une aile effrayante, cette terrasse, et le pré, et la plaine, et votre maison fragile...

« Ce soir, tandis que le jardin arrosé sent la vanille et la salade fraîche, vous errez, épaule contre épaule, heureux de vous taire, d'être seuls, de n'entendre sur le sable, quand vous passez tous deux, que le bruit d'un seul pas...

« L'un de vous étend le bras vers l'ouest et désigne, au-dessus de la mer, une trace longue, d'un rose obscur, un peu de cendre du soleil éteint...

« L'autre lève la main et montre les étoiles, les arbres, la faible lueur des fleurs pâles qui bordent l'allée... Pauvres gestes humains de possession et d'embrassement !... Immobiles, vous joignez vos doigts pour goûter mieux le délice d'être seuls.

« Seuls ? de quel droit ? Cette heure m'appartient. Rentrez ! La lampe vous attend. Rendez-moi mon domaine, car rien n'est vôtre, ici, dès la nuit close.

Rentrez ! Ou bien « poum ! » je jaillis du fourré, comme une longue étincelle, comme une flèche invisible et sifflante.

« Faut-il que je frôle et que j'entrave vos pieds, mou, velu, humide, rampant, méconnaissable ?... Rentrez ! le double feu vert de mes prunelles vous escorte, suspendu entre ciel et terre, éteint ici, rallumé là. Rentrez en murmurant : « Il fait frais » pour excuser le frisson qui désunit vos lèvres et desserre vos mains enlacées. Fermez les persiennes, en froissant le lierre du mur et l'aristoloche.

« Je suis le diable, et je vais commencer mes diableries sous la lune montante, parmi l'herbe bleue et les roses violacées. Je conspire contre vous, avec l'escargot, le hérisson, la hulotte, le sphinx lourd qui blesse la joue comme un caillou.

« Et gardez-vous, si je chante trop haut, cette nuit, de mettre le nez à la fenêtre : vous pourriez mourir soudain de me voir, sur le faîte du toit, assis tout noir au centre de la lune !... »

# LA CHIENNE JALOUSE

« Cette allée-là ? Si tu veux... L'autre est plus belle, verte, humide, déserte — mais c'est toi qui choisis. Moi, je te suis.

« Je te suis, mais je ne t'aime pas.

« Je te suis, parce qu'Il me l'a ordonné. Je te garde, parce que tu Lui es chère. Je Lui obéis avec un désespoir scrupuleux. Marche ; goûte le matin de septembre, rouge et doré comme une pêche de vigne, va sans crainte jusqu'au fond du bois : ta gardienne est là, noire dans l'ombre de ta robe, prête à donner, pour obéir à son maître, tout le sang de son cœur fanatique.

« Quoi ? Que veux-tu ? C'est pour traverser l'allée que tu m'appelles ? Tu crains que je ne me fasse écraser ? Tu as l'air de croire, vraiment, que c'est toi qui me promènes ! Tu ne sais même pas te servir de moi : tu te retournes, tu me siffles, tu m'appelles, — tu ignores donc que je suis là, que je suis toujours là ? Si tu cesses de me voir, c'est que je suis trop près. Je tourne autour de toi, comme ton ombre, comme Sa pensée à Lui, hélas !...

« (Prends garde !... cette voiture a failli t'atteindre. Ne peux-tu courir plus vite ?)

« ... Comme la pensée de mon Maître, hélas ! Ah ! je ne puis t'aimer, ni oublier le soir où tu vins dans Sa maison. Quand tu songes à ce soir-là, toi, tu souris, et tes paupières descendent lentement.

« Le premier soir, je n'ai presque pas souffert. J'étais couchée contre ses pieds, et j'écoutais sa voix. Il s'est penché vers moi en te parlant et m'a meurtri l'oreille d'une caresse un peu nerveuse. Il a joué avec moi pour te plaire. Il s'est vanté de ma beauté, de mon intelligence. Il a voulu te montrer le sursaut qui m'agite dès qu'il prononce mon nom ; il a violenté mon regard qui, sous le sien, se dore et s'élargit... Je t'ai donné — sur Son ordre, sur Son ordre seulement ! — ma patte dans ta main, et tu feignais de m'admirer, tu disais : « Elle est belle », en Le regardant.

« Mais il y eut un second soir, un troisième... Le troisième soir, tu t'en souviens ? J'avais compris, et je luttais contre toi comme une rivale. Tu t'en souviens ? Je te barrais la porte, et je hurlais, raidie, hérissée, avec de tels accents, avec des bonds d'une si féminine fureur que tu devins pâle.

« Et pourtant, ce n'est pas ce soir-là que tu faillis perdre la vie. Ce n'est pas non plus le jour où Il t'appelait dans le jardin, pour le seul plaisir de crier ton nom, et où chacun de ses appels m'arrachait un gémissement. Gémir, moi, gémir, quand je me tais sous le fouet !... Ce n'est pas le jour qu'Il revint, après une semaine d'absence, et que je léchais, désespérée, ses mains couvertes de ton parfum... Non, tu ne sauras jamais à quelle heure j'ai voulu m'élancer, refermer mes dents sur ta gorge et ne plus bouger, et entendre ton sang murmurer comme un ruisseau.

« (Je n'aime pas la figure de cet homme qui marche derrière nous. Va devant. Je vais le regarder un instant, et il comprendra... Tu vois ? c'est fait.)

« Et te voilà dans Sa maison, à présent. Et je vis encore. Il a continué de me demander, avec le despotisme de ceux qui se savent aimés uniquement, ma gaieté, ma force, ma vigilance de bergère. Il m'a demandé de t'aimer... Ah ! qu'Il me pardonne ! je ne puis...

« Tu m'es sacrée, — mais je ne t'aime pas. Je te juge trop bien. Qu'as-tu de plus que moi ? Je suis la plus belle, noire, haut chaussée de rouge brun, et coiffée de parlantes oreilles. J'ai des yeux à te faire envie, sommés de mouvants sourcils orange, des yeux qui voient la nuit et le jour, des yeux à faire crier : « Au loup ! », des yeux, si je voulais, à brûler tes pensées derrière ton front... Tu sais que je te renverse sans effort, n'est-ce pas ? et que ces dents-ci, ces dents incorruptibles, rafraîchies d'une claire salive et d'une haleine pure, ont tordu les barreaux d'une grille...

« Je suis la plus belle, et tu triomphes. Ce n'est pas assez : tu voudrais que je t'aime ? Ne demande pas l'impossible...

« (Pourquoi marches-tu si près de l'eau ? La rive est friable, et tu ne sais pas choisir, pour poser ton pied, une place sûre. Recule un peu. Laisse-moi passer entre toi et l'eau. Là. C'est bien ainsi. Il serait content de moi...)

« Ne demande pas l'impossible. Promène-toi, sous ma garde. Tu remplaces mon troupeau d'autrefois, mes moutons odorants dont les petits pieds grêlaient la route... Je vais, je viens, je te dépasse, je reviens, je t'environne, en cercles, en ellipses, en huit... Tu es la prisonnière de l'entrelacs magique que je dessine sans fin. Tu crois que je joue, et je travaille. Je passe si près de toi que tu veux, chaque fois, me caresser ; mais je t'évite, chaque fois, d'un mouvement si juste que tu le penses involontaire.

« Rentrons à présent, le soir tombe. Reviens vers la maison vide, où l'heure de minuit ramènera celui qui t'a confié à moi. Ma tâche est finie pour aujourd'hui. Je vais me coucher et L'attendre. Je ne bougerai pas, je ne respirerai pas. Tu ne sauras plus qu'il y a, à tes pieds, une chienne jalouse qui ne veut pas t'aimer.

« S'il tarde à revenir, tu vas t'alarmer encore, et soupirer, et m'appeler, comme si je pouvais te porter secours... Ah ! comment te cacher que c'est le moyen de me fléchir ? La nuit nous rapproche, anxieuses, le cœur agité, — la même couche nous reçoit côte à côte, accoudées, tendues vers la porte, — tu grondes de déception, et ma profonde voix menace le passant, — le même cri nous échappe quand Sa main, à Lui, frôle enfin la serrure, et son entrée dénoue, bras et pattes mêlés, une brève, une furtive et fraternelle étreinte...

## « PRROU »

« Quand je l'ai connue, elle gîtait dans un vieux jardin noir, oublié entre deux bâtisses neuves, étroit et long comme un tiroir. Elle ne sortait que la nuit, par peur des chiens et des hommes, et elle fouillait les poubelles. Quand il pleuvait, elle se glissait derrière la grille d'une cave, contre les vitres poudreuses du soupirail, mais la pluie gagnait tout de suite son refuge et elle serrait patiemment sous elle ses maigres pattes de chatte errante, fines et dures comme celles d'un lièvre.

Elle restait là de longues heures, levant de temps en temps les yeux vers le ciel, ou vers mon rideau soulevé. Elle n'avait pas l'air lamentable, ni effaré, car sa misère n'était pas un accident. Elle connaissait ma figure, mais elle ne mendiait pas, et je ne pouvais lire dans son regard que l'ennui d'avoir faim, d'avoir froid, d'être mouillée, l'attente résignée du soleil qui endort et guérit passagèrement les bêtes abandonnées.

Trois ou quatre fois, je pénétrai dans le vieux jardin, en râpant ma jupe entre les planches de la palissade. La chatte ne fuyait pas à mon approche, mais elle se dérobait comme une anguille, à la seconde juste où j'allais la toucher. Après mon départ, elle attendait héroïquement que la brise du vieux jardin eût emporté mon odeur et l'écho de mes pas ; puis elle mangeait la viande laissée près du soupirail, en ne trahissant sa hâte que par un mouvement avide du cou et le tremblement de son échine.

Elle ne cédait pas tout de suite au sommeil des bêtes

repues ; elle essayait, avant, un bout de toilette, un lissage
de sa robe grise à raies noires — une pauvre robe terne et
bourrue, car les chats qui ne mangent pas ne se lavent pas,
faute de salive...

Février vint, et le vieux jardin ressembla, derrière sa
grille, à une cage pleine de petits fauves. Matous des caves
et des combles, des fortifs et des terrains vagues, le dos en
chapelet, avec des cous pelés d'échappés à la corde,
— matous chasseurs, sans oreilles et sans queue, rivaux
terribles des rats, — matous de l'épicier et de la crémière,
allumés et gras, lourds, vite essoufflés, matous noirs à collier de ruban cerise, et matous blancs à collier de perles
bleues.

J'écoutais, la nuit, leurs chants d'amour et de combat...
Une plainte musicale et faible, d'abord, longue, douce,
lointaine. Puis un appel ironique, une provocation au rival,
— et la réponse immédiate sur le même ton. Ceci pour
amorcer un interminable dialogue, sans autre mimique que
le jeu des oreilles couchées et ramenées, les yeux clos et
rouverts, l'expressif sourire menaçant sur les dents visi-
bles, et la soufflerie bruyante par les narines, entre deux
répliques... Un crescendo brusque, imprévu, effroyable,
des râles, la mêlée aérienne de deux voix furibondes, les
voix de deux démons qu'apporte et roule un nuage
affreux... Puis le silence, — le vent nocturne dans le petit
jardin, — les griffes qui peignent l'écorce d'un arbre, —
et la douce chanson de la chatte, la chatte indifférente pour
qui les mâles viennent de se déchirer, la voix de ma pauvre
chatte maigrie tout épuisée d'amour et d'inanition...

La bourrasque tragique et voluptueuse se calma enfin.
Je revis la chatte grise, étique, décolorée, plus farouche
que jamais et tressaillant à tous les bruits. Dans le rayon
de soleil qui plongeait à midi au fond du jardin noir, elle
traîna ses flancs enflés, de jour en jour plus lourds,
— jusqu'au matin humide où je la découvris, vaincue, fiévreuse, en train d'allaiter cinq chatons vivaces, nés comme
elle sur la terre nue.

J'attendais cette heure-là, — elle aussi, car je n'eus qu'à prendre les petits dans ma robe, et la mère me suivit.

Elle s'appelle « Prrou », — en roulant les *r*, s'il vous plaît. C'est elle qui nous a dit son nom. Elle le roucoule toute la journée, autour du chaton noir qu'on lui a laissé : « Prrou, prrou... »

Elle vit en Bretagne, sur la terrasse chaude, au bord du pré qui descend à la plage. Son domaine, qu'elle a borné elle-même, va du perron à la haie de troènes en fleurs qui masque le mur de briques. Elle ne dépasse pas les grands tilleuls qui versent l'ombre sur ma maison de pierre rousse. Sait-elle qu'au bas de la terrasse, une mer changeante, bleue et verte au soleil, violacée sous l'orage, mauve au lever du jour, s'agite sans repos ? J'en doute.

La Prrou en robe modeste, à qui on ne demande rien, s'entête à nous donner l'exemple des plus grises vertus : elle est propre, douce, humble, elle élève dignement son fils unique. Elle fait mieux : elle nous *roule*. Elle demeure, avec un tact exquis et une roublardise jamais en défaut, « celle qui a été si malheureuse ». Grasse et ronde, elle a gardé son regard de chat maigre, et la cuisinière l'appelle « pauvre créature ».

Elle dort sur un coussin douillet, mais dans la pose frileuse des couche-dehors. Elle s'efface pour nous laisser passer ; aussi reculons-nous, le cœur fendu de pitié, en la suppliant de ne se déranger point ! Il arrive qu'on lui marche un peu sur la patte, sur le bout de la queue, — elle pousse un cri rauque, bref, et ronronne stoïquement, avec des yeux de martyre, pendant que nous nous lamentons :

« Pauvre bête ! il lui fallait encore ça, *à elle qui a été si malheureuse !* »

Un bouchon, pendu au bout d'une ficelle, se balance au gré du vent, sous la basse branche d'un tilleul. La Prrou le guette et, parfois, se précipite, folle et joyeuse ; mais qu'elle nous aperçoive, et sa figure triangulaire se masque aussitôt de renoncement et d'amertume : « Que fais-je ? À quels égarements frivoles allais-je céder, moi *qui ai été si malheureuse !* Ces jeux ne sont point de ma condition, — hélas, j'allais l'oublier... »

Son fils noir, mal peigné et diabolique, elle le couve passionnément, le caresse du geste et du seul mot qu'elle sache : « Prrou, prrou... » mais à notre vue elle s'élance, le terrorise d'une douzaine de taloches sévères, la patte sèche et le sourcil intransigeant : « Voilà comment on élève les enfants trouvés, chez nous ! »

Admirez, comme je fais, la roublarde Prrou. Regardez combien sa robe, ajustée et rase, imite les couleurs de la limace grise, la rayure du papillon crépusculaire. Un triple collier de jais barre son jabot, sobre parure de dame patronnesse. Noirs aussi, les bracelets aux pattes fines et le double rang de taches régulières qui semblent boutonner sur le ventre la robe stricte. La Prrou est mieux que vêtue, elle est déguisée.

Le maintien est si modeste, la toison si sobrement nuancée, que vous n'avez peut-être pas remarqué la dureté cruelle du crâne large, la patte redoutable et nerveuse où s'enchâssent des griffes courbes, soignées, prêtes à combattre, la poitrine épanouie, les reins mouvants, — enfin toute la beauté dissimulée de cette bête solide, faite pour l'amour et le carnage...

# POUCETTE

« Ça ?... C'est un vase cassé. Ma foi, oui, c'est un vase cassé. Qui l'a cassé ? Vous me demandez qui l'a cassé ? Je n'en sais rien.

« Mais non, je n'en sais rien ! Quand vous me regarderez avec un air fin !... Suis-je le chat, pour vagabonder parmi les potiches ? Ai-je l'habitude de casser des vases ? Ai-je l'habitude de sauter sur les tables ? Vous savez bien que je n'ai aucune habitude — hors celle de mentir.

« Vous pouvez lever un doigt, et hocher la tête, et dire : « Poucette, Poucette ! est-ce qu'il faut que je prenne la cravache ? » Franchement, ce n'est pas à moi de vous donner un conseil. Prenez la cravache, à tout hasard, et fouettez l'air, pour commencer... mais n'espérez pas que mon visage me trahisse, mon expressif et compliqué visage de chienne menteuse !

« J'offre à vos perquisitions, candide et plissé, le plus honnête museau de bouledogue. De la nuque à bourrelet jusqu'à mes fanons de petite vache, il n'y a pas une fronce, pas un caniveau, pas une gaufrure de ma peau qui n'inspire confiance. Et les yeux exorbités, jaunes comme l'or, francs comme lui ! Et la bonne lèvre pendante, laquée et noire ! Et les fières oreilles qui disent la droiture, la vigilance, la domestique honnêteté ! À l'abri d'un si beau masque, je mens.

« Je mens le jour et la nuit, quand je respire et quand je mange, quand je ris et quand je me fâche. Je mens depuis que mes yeux sont ouverts, depuis que mes courtes pattes peuvent courir sous mon ventre en tonnelet.

« Toutes les bêtes vous mentent, ô Deux-Pattes pesants ! Croyez-vous que la lévrière blanche, quand elle passe comme un jet de flamme au-dessus de la canne levée, donne toute la force de ses cuisses puissantes ? Vous jetez la balle au chat, qui calcule mal son élan, exprès, et la laisse rouler sous le fauteuil. Et moi, je gémis contre la porte fermée, comme si je ne pouvais, d'un saut, atteindre et baisser le loquet...

« Toutes les bêtes vous mentent, par prudence, par sagesse, par crainte quelquefois. Mais moi, j'y mets plus de plaisir, plus d'intelligence et de perfection que mes pareils. On ne reconnaît plus, depuis que j'y habite, votre tranquille maison. Une inquiétude charmante l'anime, elle vit, elle murmure du grenier à la cave. Grâce à moi la journée s'écoule comme un long jeu : un vaudeville joyeux s'ébauche à la cuisine, se mue, dans la salle à manger, en pantomime sacrée, se corse d'un peu de drame au jardin, et se mouille de larmes, le soir, au coin du feu. Des cris variés, agréables comme des chants, s'envolent par les fenêtres, tourbillonnent dans la spirale de l'escalier comme des fleurs éclatantes.

« — Où est le petit balai du foyer ? Il était là à l'instant ! — Le voici, mais sans crins, et tout rongé. Qui l'a rongé ? — C'est le chien de berger. — Non, c'est la sournoise Lola. — Non, c'est Poucette ! — Poucette ! Poucette ! Où est Poucette ? — Le tapis... oh ! le tapis est mouillé ! Qui a sali le tapis ? encore le chat ? — Non, le chat est en haut... C'est Poucette ! — Pourtant, je viens de la voir dans la cuisine... — Et le vase chinois ? Comment ? on a cassé le vase chinois ? — Que me parlez-vous de vase chinois ? le poulet froid vient de disparaître !... Mais où est Poucette ? Poucette ? Poucette ? »

« Ô divin vacarme de cris, d'aboiements, de miaulements offensés, de talons légers qui galopent d'un étage à l'autre ! Au plus fort de la fête, je parais, lente, les sourcils hauts, lourde d'un innocent sommeil, et caparaçonnée encore d'un bout de couverture traînante. Imprudente, étonnée, je flaire la tache ronde du tapis, les débris du vase chinois ; et quelles suspicions tiendraient contre ma danse soudaine, mon allégresse de chienne-enfant qui foule les décombres sans les voir ?

« Parfois, dans le doute où je vous jette, vous inclinez à me punir, et vous partez sans moi pour la promenade... Partez, partez !... Je vous regarde partir. Je ne me lamente point. Mon regard, qui vous suit, est celui d'un martyr, mais d'un martyr modeste, et non d'un ostentatoire crucifié... Tout au plus, au retour, me trouvez-vous dolente, désenchantée, et sans appétit... Ne faites pas attention à moi, je vous en conjure ! Si j'ai refusé ma pâtée, ce soir, c'est pure coïncidence...

« Le lendemain, à l'heure de sortir, vous m'appelez comme si j'habitais à trois lieues de là : on n'entend que vous ! — « Poucette ! Poucette ! Promener ! Pro-me-ner ! » Promener ? vraiment ? vous y tenez tant que ça ? Allons, j'y consens. Mais pas trop loin. Jusqu'au coin de l'avenue, tenez, jusqu'au coin où... « Poucette ! Eh bien ! traverse, voyons ! qu'est-ce que tu attends ? »

« Ce que j'attends ? j'attends la mort. Aplatie sur le trottoir, ni plus ni moins qu'une grenouille sur laquelle a passé la roue d'un tombereau, je gis, grelottante, à vos pieds. Un seul mouvement de votre bras m'arrache des cris étranglés. Si vous me tirez par mon collier, c'est une loque que vous traînez, une dépouille que la vie a quittée presque, la peau d'une chienne bull évanouie d'épouvante !

« — Poucette ! Mais qu'est-ce qu'elle a, cette bête ? Qu'est-ce qu'elle a ?...

« Et la voix d'une foule indignée — le cocher en maraude, le mitron flâneur, le plombier vêtu de bleu, l'écolier en capuchon pointu, la vieille dame aux gants de fils reprisés et la petite-femme-qui-aime-bien-les-bêtes, arrêtés, penchés sur moi — vous répond, sévère :

« — Ce qu'elle a ? Ce n'est pas malin à deviner, ce

qu'elle a... Pauvre bête ! Si ce n'est pas malheureux d'avoir des chiens pour les tuer de coups ! En voilà une qui a la vie dure ! Il y a des gens qui n'ont pas de cœur !...

« Je suis vilaine, hein ? Vous m'en voulez ? Allons ! ne faites pas des yeux tristes, ne hochez pas la tête : « Poucette, Poucette... » Acceptez-moi telle que je suis, toute bouillonnante de ténébreuse malice, et menteuse, menteuse !...

« Aimez-moi telle que je suis — je vous aime tels que vous êtes, vous... Non ? vous ne me croyez pas ? et ma chaude caresse vous paraît, elle aussi, suspecte ?... Mais si je vous accueille, quand vous rentrerez, ce soir, par des aboiements hargneux, et si je boude longuement, si je vous donne, enfin, toutes les marques de la plus théâtrale aversion — croirez-vous au moins qu'elle vous aime, la chienne menteuse ?...

## « LA SHÂH »

Ce chat-là ? Mais bien entendu que c'est un mâle ! Ce n'est pas le premier que je vends, n'est-ce pas ? Vous avez vu cette tête ronde ? et ces oreilles écartées ? et ce petit mufle de lion, déjà ! Vous avez vu ces grosses pattes fortes ?...

Nous avons vu. Nous avons vu tout — sauf ce qu'il fallait voir. Si bien qu'au bout de quinze jours, le petit chat de Perse, le Seigneur-Chat, le « Shâh » enfin, s'était métamorphosé en chatte bleue délicate, pareille en couleur à la fumée des cigarettes et à la fleur argentée du chardon des sables.

— Une chatte ! Qu'est-ce que nous allons en faire ?

— Que comptiez-vous donc faire d'un chat ?

— Je ne sais pas... Rien... Nous voulions lui mettre un collier vert... et le gâter beaucoup... Et puis, il s'appelait « le Shâh... »

— Rien n'est perdu. Vous l'appellerez « la Shâh », vous lui mettrez un collier vert, et vous lui donnerez du lait sucré jusqu'à ce qu'elle s'en aille toute raide, gonflée comme une outre pleine, tomber endormie sur un coussin de soie jaune.

On se résigne à tout. « Le Shâh » est devenu « la Shâh ». Nous l'appelons tendrement : « Ma Shâh, ma petite Shâh » ; nous constatons à grands cris qu'« elle est si belle, cette Shâh ! », et les gens raisonnables — j'entends ceux qui ne possèdent ni chiens bulls, ni colleys, ni Shâh persane — nous considèrent avec une pitié méprisante.

C'est une Shâh persane, en vérité, et il est facile de voir qu'elle n'est pas d'ici. Elle grossit très vite, en largeur plus qu'en hauteur, courte sur pattes, agile et molle, avec un panache de queue aussi long qu'elle, des oreilles basses, un nez bref velouté.

Elle joue un peu féroce, s'exaspère vite et semble savourer sa colère comme un plaisir, les yeux clos, les dents serrées, les pattes refermées violemment sur sa proie. Elle vise volontiers le visage et nous regarde aux prunelles sans faiblir, avec de doux yeux menaçants, verts comme la feuille cendrée du jeune saule...

Elle foule gaiement, comme on brasse la pâte à pain, la profonde toison de la grande chienne colley ; elle sympathise avec des danois, des bouledogues, même avec des enfants bruyants. Mais certains sons musicaux, certains bruits sournois, à peine perceptibles, l'affolent, et tout son pelage s'effare, se moire d'épis nerveux... Elle bâille longuement, si l'on ouvre et ferme devant elle une paire de ciseaux. Elle est toute pénétrée de superstitions orientales : deux doigts, tendus en cornes, suffisent à la mettre en déroute — mais j'ai pendu à son collier, pour la rassurer, une petite fourche en corail rose...

Une Shâh très maniérée, en somme. Une princesse de harem, qui ne rêve pas d'évasion. Une Shâh très femelle, coquette, pudibonde, occupée de sa beauté qui croît chaque jour. Fut-il jamais une plus magnifique Shâh ? Ardoisée le matin, elle devient pervenche à midi, et s'irise de mauve, de gris perle, d'argent et d'acier, comme un pigeon au soleil... Le soir, elle se fait ombre, fumée, nuage ; elle flotte impalpable et se jette, comme une écharpe transparente, au dossier d'un fauteuil. Elle glisse le long du mur comme le reflet d'un poisson nacré...

C'est l'heure où nous l'espérons fée, lutin d'Orient, gennia ou efrit... Nous lui dédions des supplications enfantines et tout empoisonnées de littérature : nous allons jusqu'à la nommer Shéhérazade ! Mais les temps ne sont point accomplis, et la Shâh merveilleuse ne rejette pas encore sa robe électrique et soyeuse, ses moustaches en brins d'aigrette, sa queue d'écureuil bleu, ni ses griffes de jade poli.

— Faites bien attention ! n'ouvrez pas son panier dans le train !

— Si, si ! ouvrez le panier dès que le train sera en marche. Autrement, la Shâh aura une crise d'épilepsie !

— Donnez-lui du lait dans le wagon !

— Non, non ! ne lui donnez pas de lait en route ! Elle aura le mal de mer !

— Et ne la lâchez, là-bas, qu'au bout de deux jours ! Sans quoi, elle filera à travers champs, et vous ne la reverrez plus.

— Quelle plaisanterie ! N'en croyez rien, et lâchez-là dès votre arrivée à la campagne : un chat — à plus forte raison une Shâh — reconnaît toujours sa maison...

Lourds de responsabilités, accablés sous les recommandations contradictoires, nous emmenons le démon familier et tyrannique, le joyau fragile, la précieuse Shâh, vers la mer grise et verte, vers le printemps de Bretagne, si pressé de fleurir qu'il devance parfois le printemps du Midi.

Mars commence à peine et déjà le chèvrefeuille accroché aux rochers, suspendu au-dessus de la vague blanchissante, ouvre ses feuilles brunes et vertes, comme autant de rondes oreilles guetteuses... Il y a des primevères pâles, comme dédorées, et des fragons piquants à fruits rouges ; il y a des violettes et du gazon d'Espagne, sec et rose, qui sent la fleur d'abricotier... Il y a...

Mais il y a aussi, sur le toit de notre maison, une équipe de couvreurs, et dans la chambre à coucher, des parqueteurs à demi nus ; et dans le cabinet de toilette, deux plâtriers goguenards font un *puzzle* avec des carreaux de faïence blanche et bleue. Il y a aussi, dans la cour, de diaboliques jeunes garçons qui remuent un lait épais de chaux vive, une crème pralinée en ciment, qui activent la flamme d'une forge...

— Mon Dieu ! et la Shâh ! La Shâh avec tous ces gens ! Elle ne va plus manger, ni boire, ni dormir... Elle va mourir de peur, elle est si délicate ! Et d'ailleurs, où est-elle ? Où est la Shâh ? Où est la Shâh ?

La Shâh est perdue — naturellement ! Lamentons-nous, avant toute chose. Puis courons, volons, précipitons-nous. Interrogeons le puits, le bois profond, le grenier ténébreux, la cave moisie, l'écurie, le garage, les rochers du Grand-Nez, ceux du Petit-Nez ! Promettons des récompenses aux mitrons plâtreux qui gâchent le mortier ! Accusons le chien de garde, et lançons la bull sans flair sur une piste imaginaire ! Écoutons le vent, qui sèche nos larmes muettes ! Exhalons notre tourment en reproches amers :

— Je vous l'avais bien dit ! il ne fallait pas laisser sortir si tôt la Shâh !

— Pourquoi crier ? La Shâh est perdue. D'ailleurs, en venant ici, j'avais un pressentiment... Elle n'aurait pas dû quitter Paris, cette Shâh d'une essence supérieure, cette Shâh que tout blesse, une lumière trop vive, un coup de vent, un éclat de voix... cette Shâh qui mangeait dans un bol de Chine et qui buvait dans un verre de Venise...

— Assez ! rentrons, et laissez-moi pleurer tranquillement ma Shâh, ma belle Shâh !

Revenons, en effet, vers la maison. Et taisons-nous soudain, au tournant de l'allée, taisons-nous, pour regarder « de tous nos yeux » !

Au milieu d'un cercle d'ouvriers qui déjeunent, assis par terre, — parmi les godillots empâtés de boue, les « grimpants » raidis de plâtre, les cottes bleues, les bourgerons déteints, — entre les litres de cidre et de vinasse, les papiers gras et les couteaux à manche de buis, — très à l'aise, souriante, la queue en cierge et les moustaches en croissant, dans un vacarme de jurements et de gros rires, — la Shâh, la divine Shâh, lestée de croûtes de fromage, de lard rance et de peaux de cervelas, ronronne, vire après son panache et joue à épater les maçons.

# LE MATOU

« J'avais un nom, un nom bref et fourré, un nom d'angora précieux, je l'ai laissé sur les toits, au creux glougloutant des gouttières, sur la mousse écorchée des vieux murs : je suis le matou.

« Qu'ai-je à faire d'un autre nom ? Celui-là suffit à mon orgueil. Ceux pour qui je fus autrefois « Sidi », le seigneur Chat, ne m'appellent pas : ils savent que je n'obéis à personne. Ils parlent de moi et disent : « le matou ». Je viens quand je veux, et les maîtres de ce logis ne sont pas les miens.

« Je suis si beau que je ne souris presque jamais. L'argent, le mauve un peu gris des glycines pâlies au soleil, le violet orageux de l'ardoise neuve jouent dans ma toison persane. Un crâne large et bas, des joues de lion, et quels sourcils pesants au-dessus de quels yeux roux, mornes et magnifiques !... Un seul détail frivole dans toute cette sévère beauté : mon nez délicat, mon nez trop court d'angora, humide et bleu comme une petite prune...

« Je ne souris presque jamais, même quand je joue. Je condescends à briser, d'une patte royale, quelque bibelot que j'ai l'air de châtier, et si j'étends cette lourde patte sur mon fils, infant irrévérencieux, il semble que ce soit pour le rejeter au néant... Attendiez-vous de moi que je minaude sur les tapis, comme la Shâh, ma petite sultane que je délaisse ?

« Je suis le matou. Je mène la vie inquiète de ceux que l'amour créa pour son dur service. Je suis solitaire et condamné à conquérir sans cesse, et sanguinaire par nécessité.

Je me bats comme je mange, avec un appétit méthodique, et tel qu'un athlète entraîné, qui vainc sans hâte et sans fureur.

« C'est le matin que je rentre chez vous. Je tombe avec l'aube, et bleu comme elle, du haut de ces arbres nus, où tout à l'heure je ressemblais à un nid dans le brouillard. Ou bien je glisse sur le toit incliné, jusqu'au balcon de bois ; je me pose au bord de votre fenêtre entr'ouverte, comme un bouquet d'hiver ; respirez sur moi toute la nuit de décembre et son parfum de cimetière frais ! Tout à l'heure quand je dormirai, ma chaleur et la fièvre exhaleront l'odeur des buis amers, du sang séché, le musc fauve...

« Car je saigne, sous la charpie soyeuse de ma toison. Il y a une plaie cuisante à ma gorge, et je ne lèche même pas la peau fendue de ma patte. Je ne veux que dormir, dormir, dormir, serrer mes paupières sur mes beaux yeux d'oiseau nocturne, dormir n'importe où, tombé sur le flanc comme un chemineau, dormir inerte, grumeleux de terre, hérissé de brindilles et de feuilles sèches, comme un faune repu...

« Je dors, je dors... Une secousse électrique me dresse parfois, — je gronde sourdement comme un tonnerre lointain, — puis je retombe... Même à l'heure où je m'éveille tout à fait, vers la fin du jour, je semble absent et traversé de rêves ; j'ai l'œil vers la fenêtre, l'oreille vers la porte...

« Hâtivement lavé, raidi de courbatures, je franchis le seuil, tous les soirs à la même heure, et je m'éloigne, tête basse, moins en élu qu'en banni... Je m'éloigne, balancé comme une pesante chenille, entre les flaques frissonnantes, en couchant mes oreilles sous le vent. Je m'en vais, insensible à la neige. Je m'arrête un instant, non que j'hésite, mais j'écoute les rumeurs secrètes de mon empire, je consulte l'air obscur, j'y lance, solennels, espacés, lamentables, les miaulements du matou qui erre et qui défie. Puis, comme si le son de ma voix m'eût soudain rendu frénétique, je bondis... On m'aperçoit un instant sur le faîte d'un mur, on me devine là-haut, rebroussé, indistinct et flottant comme un lambeau de nuée — et puis on ne me voit plus...

« C'est la sauvage saison de l'amour qui nous sèvre de toute autre joie et multiplie diaboliquement dans les jardins nos femelles maigries. Ce n'est pas celle-ci que je convoite, blanche et mince, plutôt que celle-là, flambée d'orange et de brun comme une tulipe, plutôt que cette autre, noire et brillante comme une anguille mouillée... Hélas ! c'est celle-ci, et celle-là, et cette autre... Si je ne les terrasse, mes rivaux les prendront. Je les veux toutes, sans les préférer ni les reconnaître. Le sanglot de celle qui subit ma cruelle étreinte, je ne l'entends déjà plus... J'écoute, par-delà les toits, à travers le vent, la voix de la chatte qui m'appelle et que je ne connais pas.

« Qu'elle est belle, la bien-aimée lointaine, invisible et gémissante ! Entourez-là de murs, dérobez-la-moi longtemps, que son parfum et sa voix seuls me possèdent !... Hélas ! il n'y a point pour moi d'amoureuse inaccessible, et celle-ci encore sautera les murailles pour me rejoindre. Peut-être que mes dents retrouveront, dans sa nuque touffue, les marques qu'elles y laissèrent l'an passé...

« Les nuits d'amour sont longues... Je demeure à mon poste, dispos, ponctuel et morose. Ma petite épouse délaissée dort dans sa maison. Elle est douce et bleue, et me ressemble trop. Écoute-t-elle, du fond de son lit parfumé, les cris qui montent vers moi ? Entend-elle, rugi au plus fort d'un combat par un mâle blessé, mon nom de bête, mon nom ignoré des hommes ?

« Oui, cette nuit d'amour se fait longue. Je me sens triste et plus seul qu'un dieu... Un souhait innocent de lumière, de chaleur, de repos, traverse ma veille laborieuse... Qu'elle est lente à pâlir, l'aube qui rassure les oiseaux et disperse le sabbat des chattes en délire ! Il y a beaucoup d'années déjà que je règne, que j'aime et que je tue... Il y a très longtemps que je suis beau... Je rêve, en boule, sur le mur glacé de rosée... J'ai peur de paraître vieux.

# LA PETITE CHIENNE À VENDRE

Chez moi. Le marchand de chiens entre, tenant à la main une boîte noire, percée d'un étroit judas grillé. Il est gros, moustachu ; il sent le vin, le chenil et le phénol.

LE MARCHAND DE CHIENS. — Bonjour, madame, et la santé ? J'apporte la petite bête que je vous ai parlé dernièrement. Une vraie miniature, vous allez m'en dire des nouvelles !... J'ai bien cru que je ne l'aurais pas, vous savez ! Nous étions à trois dessus. Mais l'éleveur est un cousin de ma femme, et j'en ai fait pour ainsi dire une affaire de famille. Tel que vous me voyez, j'ai voyagé toute la nuit depuis Bruxelles avec ce petit bétail-là. Et quel vilain temps !...

LA PETITE CHIENNE, *dans la boîte, pendant que le marchand parle.* — Ouvrez-moi ! oh ! ouvrez-moi !... je n'en puis plus... ouvrez-moi !... Depuis des heures et des heures mortelles, je suis dans cette boîte, et il me semble que je suis tout près de mourir... Ouvrez-moi ! le fracas des roues roule encore dans ma tête, les secousses du voyage sans fin m'ont jetée contre les murs de ma cage ; j'ai mal à mes oreilles, à mon museau fiévreux, à mes pattes grelottantes... Si vous vouliez m'ouvrir !...

LE MARCHAND. — C'est une chienne, comme je vous l'avais dit. Treize mois, la maladie faite, les oreilles coupées, propre à l'appartement... Voilà l'objet. (*Il rabat un des côtés de la boîte et appelle :*) Kiss ! Kiss ! venez vite voir la dame, venez vite !

LA PETITE CHIENNE, *blottie au fond de la boîte, épouvantée.* — J'ai peur, j'ai peur ! C'est encore l'homme...

LE MARCHAND. — Elle est un peu déconcertée, mais ça va se passer... Kiss ! Kiss !...

LA PETITE CHIENNE. — C'est l'homme de cette nuit ! Dieu ! ces mains !...

LE MARCHAND, *saisissant la petite chienne.* — Prenez-la en main. Est-ce qu'elle les pèse, ses neuf cents grammes ?

LA PETITE CHIENNE. — La lumière m'aveugle. Où suis-je ?

LE MARCHAND. — Et nette ! et gentille ! et gaie surtout ! un vrai petit singe pour la gaieté ! Vous allez voir : Kiss ! Kiss ! (*Il fait des agaceries à la petite chienne, la pince un peu, la secoue par l'oreille.*)

LA PETITE CHIENNE, *palpitante.* — Encore !... Qu'ai-je commis ? Je n'ai pas mordu, je n'ai pas crié : pourquoi me tourmente-t-il ? Je me fais plus petite, et j'essaie, de mes yeux suppliants, d'attendrir l'homme...

LE MARCHAND. —... Que non, qu'elle n'a pas peur de moi, allez ! C'est une vraie petite commère. Elle sait faire la belle et donner la patte : vous allez voir, je vais la mettre sur la table...

LA PETITE CHIENNE. — Pitié, pitié ! que vais-je subir encore ? Il y a là une personne inconnue, dont la voix est plus douce que celle de l'homme... Est-ce pour elle que je suis ici ? ou bien dois-je repartir dans la boîte noire, secouée au bras de l'homme affreux ?... Je vais implorer l'inconnue, en tremblant, presque sans espoir...

« Toi qui es là, et que je ne connais pas, toi qui as passé sur ma tête chaude une main légère, tu vois, je suis là, toute petite, au milieu d'une table. Il n'y a rien de plus faible et de plus misérable que moi. Je n'ai pas de maître, je n'ai que des tourmenteurs. Je n'ai pas de maison, je n'ai que cette prison noire, après la case puante, mais parée de rubans bleus, dans la vitrine contre laquelle les passants riaient de moi... Mon seul ami fut pendant quelques jours un chaton angora, malade et frileux, qui a fini par mourir. J'ai faim. Je ne me souviens pas d'avoir mangé aujourd'hui. Mais ils m'ont donné une pilule, parce que mon ventre me faisait mal et que je souillais mon coussin sans pouvoir m'en empêcher. J'ai soif aussi : ils ont oublié de me donner à boire. Mais surtout j'ai froid, et je frissonne sans remède, tant il me semble que jamais plus je ne dormirai enfermée dans la chaleur de deux bras aimants... Je n'ai pas même de nom... Là-bas, d'où je viens, on me disait : « Mirette... », mais l'homme, ici, appelle : « Kiss ! Kiss !... » Je suis ce qu'il y a de plus abandonné, de plus triste au monde : une bête à vendre... Ma gorge se serre. Trouveras-tu ma robe assez belle, couleur de froment mûr, et mon masque de velours noir ?... Ne fais pas attention à mes oreilles, qu'un méchant a taillées. Oublie-les. Ou bien crois que ce sont de petites cornes, une coiffure bizarre qui fait rire. Le méchant m'a coupé aussi la queue, et depuis ce temps-là je ne m'assois plus de la même façon. Mais ces tortures-là sont anciennes et guéries : oublie-les...

« Regarde mes yeux. Ne regarde que mes yeux ! Ils sont si grands, tantôt bruns et dorés comme la noisette, tantôt noirs comme l'eau dans l'ombre. Regarde-les ! Puisses-tu comprendre ce qu'ils promettent ! Si tu m'aimais un jour, ils te verseraient la chaleur fidèle d'un cœur qui bat d'anxiété... Si tu voulais, je resterais là, dans cette chambre où le feu brille. Je me cacherais sous un meuble, et on laisserait mourir en repos la petite chienne à vendre... Comment te séduire ? Tu ne me trouves pas assez belle ?... Une dernière fois, je lève sur toi mes yeux humides, et je te tends, comme on m'a appris, une petite patte mendiante...

Le marchand, *achevant un panégyrique.* —... C'est vous dire qu'à ce prix-là elle n'est pas chère. C'est le prix que Mme Verdal m'a payé la sienne, qui pèse une bonne

demi-livre de plus. Savez-vous ce que je l'ai payée, moi ?
le savez-vous ?... Non, je ne vous le dirai pas, parce que
vous auriez le droit de me traiter de vieille bête ! On aime
les chiens, ou on ne les aime pas, et moi, c'est ma passion.
Je les garderais tous, si j'avais les moyens, mais je n'ai
pas les moyens. Vous connaissez les chiens, vous savez
aussi bien que moi ce qu'elle vaut, cette brabançonne-là.
Vous le savez même mieux que moi... Combien que vous
dites ?... Oh ! très bien. Très bien, très bien. Je vois que
madame est de bonne humeur ce matin, mais j'ai autre
chose à faire que de prendre du bon temps ! Ah ! si j'avais
su... Je ne me serais pas dérangé si loin de mon quartier
pour m'entendre traiter comme un petit commis. J'avais
dans l'idée, en venant, de me laisser rabattre cinquante
francs, mais il y a des bornes... Allons, Kiss, revenez vite
dans sa petite maison avec son père ! (*Il prend la petite
chienne.*)

La petite chienne, *raidie, les yeux fermés*. — Ah ! je
suis perdue !...


La petite chienne, *revenant à elle*. — Où est-il ? où
est-il ? où va-t-on m'emporter ? Ne me touchez pas ! ne
me touchez pas ! Je puis encore mordre avant de succom-
ber... Où est-il ? Je n'entends plus sa voix terrifiante. Voici
la chambre où il m'amena tout à l'heure. Qui me tient ?
Deux bras précautionneux me bercent, et une douce main
palpe ma fièvre... Je n'ose pas regarder... Une cuiller tinte
contre une tasse... À boire ! à boire !... Ah ! ce lait tiède !...
Encore, encore !... Qui remplit une seconde fois cette
soucoupe ? C'est donc toi, toi que j'ai suppliée tout à
l'heure ? As-tu donc deviné ce que disent les yeux d'une
bête à vendre ? Les tiens sont tristes, et comme tu secoues
la tête ! Permets que je caresse ta main qui m'a soignée...
Chut ! n'est-ce pas lui qui revient ? S'il allait revenir et
me prendre ?... Non, cela n'est pas possible... Laisse que
je consulte tes yeux ?... Tu ne ris pas, tu ne pousses pas
de petits cris autour de moi, avec des battements de mains

et des baisers maladroits, comme celles qui se sont amu-
sées de moi un instant, pour me rendre après à l'homme...
Tu es triste, et tu me serres contre toi, c'est pour me
défendre ?... Garde-moi ! je me donne. Nous sommes seules. Veille sur ma confiance, sur mon sommeil qui en est
le gage. Ne me quitte pas ! Car je suis faible et malade, et
je ne pourrais dormir aujourd'hui hors de ton sein, où j'ai
retrouvé un peu de la chaleur maternelle...

# LA CHIENNE TROP PETITE

LA CHIENNE, *avec éclat.* — Oui, c'est moi qui ai fait pipi sur le tapis ! Et après ?...

« C'est moi, et point une autre. Ce n'est pas la bull, ce n'est pas la colley jaune, ni la shipperke aux yeux sournois, ni la terrière farceuse, — c'est moi. Qu'est-ce que vous y pouvez ? Vous êtes là, tous, à dire : « Oh ! » autour de moi, et à joindre les mains d'indignation. Et puis ?...

« J'ai fait pipi sur le tapis ! Je l'ai même fait exprès, par désœuvrement, par bravade. Il n'y a pas une heure que je me promenais dans la rue, occupant tout le trottoir de mes jeux arrogants, et consternant, par mon effrayante petitesse, trois danois gris à colliers turquoise, veules au bout de leurs chaînes.

« Vous m'avez vue, tous ! J'ai mordu le concierge, j'ai traversé la rue malgré vos cris, poursuivi un chat énorme, déchiqueté un vieux journal délicieux qui sentait le lard rance et le poisson, et pieusement rapporté à la maison un petit os verdâtre, odorant, rare... Où l'ai-je mis ? Je ne sais plus. Me voici. Je viens de faire pipi sur le tapis !

« Vous ne me trouverez pas l'ombre d'une excuse ! Non, je n'ai pas mal au ventre. Non, je n'ai pas lapé trop d'eau dans la tasse bleue. Non, je n'ai pas froid, ni chaud, ni la fièvre, et mon nez est plus frais qu'un grain de raisin sous la rosée d'octobre...

« Qu'allez-vous m'infliger ? J'attends !

« Fourrez-moi le nez dedans, si vous pouvez. Je n'ai pas de nez... Ou battez-moi, si vous osez. Il n'y a pas de place pour la moitié d'une claque sur tout mon corps.

« Je suis trop petite, voilà, je suis trop petite. Je suis plus petite que tous les chiens, plus petite que le chat, que le perroquet dans la cage, que la tortue bombée qui raye en grinçant la mosaïque de la terrasse. N'espérez pas que je grossirai ! Deux étés ont passé déjà sur ma tête sans ajouter une once à mon poids risible. Je suis légère dans la main comme un oiseau, mais dure et toute cordée de muscles. Une outrecuidance d'insecte est en moi. J'ai la bravoure d'une fourmi batailleuse, sur qui le danger passe énorme et négligeable. Je ne le vois pas, je suis trop petite. Myope, je brave un petit morceau de tous les risques, j'aboie autour d'une patte de gros chien, je me fâche contre un fragment de jambe. Une roue de voiture m'a frôlée, mais je n'ai pas vu la voiture — je suis trop petite.

« Que vous êtes grands autour de moi, penchés comme des arbres, et lourds, et lentement agités d'un scandale à demi feint ! Déjà, la mare minuscule sèche sur le tapis, et vous n'avez pas encore pris un parti ? Ce n'est plus ma faute que vous voyez, mais moi seule. Une responsabilité écrasante pèse sur vous tous, — celle de protéger, de prolonger, d'embellir ma scintillante, ma précieuse petite vie d'elfe.

« Comme vous craignez de me perdre ! Une superstition amoureuse vous incline vers moi. Ah ! ah ! quand je suis entrée ici, vous ne saviez pas qui j'étais ? Une chienne à reflet, de poil de taupe, et minuscule, voilà tout ce que vous aviez vu d'abord ?

« Le temps de guérir mon abattement d'arrivée, le temps de dépouiller cette enveloppe anonyme de tristesse, de défiance, de fièvre nerveuse, que toute bête à vendre porte comme une lugubre chemise — et je me suis révélée à vous !

« Avouez-le : vous avez pu croire, les premières semaines, que le démon était entré chez vous ? Point de repos, point de repos pour personne ! Une humeur fureteuse et grognon de marcassin me menait de chambre en chambre, le moindre frôlement contre la porte m'arrachait des cris râpeux de chauve-souris... Tentiez-vous de me laisser seule ? vous me retrouviez à demi étouffée de rage, — mais deux d'entre vous portent les cicatrices dont je récompensai leur zèle à me secourir avec sollicitude...

« Point de repos !... C'est le temps où je m'évadais, comme par magie, chaque fois que s'ouvrait la porte de la rue. Je me glissais, d'une course aplatie de rat, dans l'entrebâillement, ou je rampais, grise, dans l'ombre d'une jambe, sous l'ourlet d'une jupe.

« M'avez-vous cherchée ! Je vous ai vus haletants, oubliant de dîner, et criant les yeux pleins de larmes : « Mirette ! » Vous m'avez repêchée dans un ruisseau plein, dénichée sous l'établi du menuisier d'en face, et chez le tapissier, et dans la maison du terre-neuve, et dans le giron de la crémière qui m'abreuvait de lait chaud.

« Point de repos !... Je me suis noyée, presque, dans un tub, j'ai brûlé mon nez à la bouilloire ; un morceau d'éponge, avalé en secret, m'a mise à deux doigts de ma fin... Souvenez-vous, en soupirant de fatigue, de ces jours empoisonnés !

« Ce n'était point assez : je voulus vos nuits sans sommeil. Vers deux heures du matin, je m'éveillais — vous vous rappelez ? — pour exiger ma balle en caoutchouc, la patte de lapin, le vieux gant de peau déchiré... Jamais douce, jamais câline, je jouais comme on se bat, à en mourir, et mon sommeil fourbu n'assurait pas votre quiétude, car je tombais de rêve en cauchemar, de cauchemar en convulsions nerveuses...

« Vous n'avez pas oublié ce temps d'épreuve, ni la veilleuse allumée sous le lait parfumé de fleur d'orange, ni la potion au bromure que je recrachais en râlant, ni le sirop Rami que j'acceptais dans une cuillère, mais que je refusais dans une soucoupe ?

« Toute autre que moi vous eût lassés. Vous me berciez avec angoisse dans vos bras : « Mon Dieu ! elle est si petite ! »

« Si petite ?... j'emplissais déjà votre univers...

« Ô vous, mes maîtres souples et bien dressés, je vous rends ici justice, devant ce pipi qui sèche sur le tapis : vous avez longuement mérité votre récompense ! Je vous l'ai donnée, et telle qu'elle combla, en une heure, des semaines de patience. Souvenez-vous, quand je ne serai plus avec vous, du jour où mon regard, appuyé sur l'un de vous, ne fut plus celui d'une chienne trop petite, enragée d'un orgueil de naine et d'une allégresse de farfadet, mais celui d'une amie qui se donne ! Je me souviens, moi, de ma soudaine gravité, et de cette suavité accablante qui me couchait toute sur une de vos mains tendues !... C'en était fait : je vous aimais. Je savourais l'irrémédiable mélancolie de chérir qui vous aime, et, par avance, l'amertume des séparations nécessaires, la crainte affreuse de perdre ce que l'on a douté de posséder jamais...

« Usez de moi, à présent, comme j'use de vous. Vous ne pouvez me demander trop. Mon cœur, gros comme un cœur de rossignol, bat et se consume d'aimer. J'ai gardé, pour vous plaire, ma gaieté d'insecte puissant et le goût d'une tyrannie bénévole. Je fais parfois pipi sur le tapis, par désœuvrement. Je cours encore sur le bord des tables, pour vous entendre crier : « Ah ! » tandis que vous tendez tous les mains vers moi ; — je feins de m'élancer dans la pièce d'eau, pour vous voir pâlir un peu ; — mais c'est pour vous reconquérir, après, d'un regard où rayonne mon âme de lutin tendre, léger comme une flamme, trop petit pour tomber, trop petit pour mourir... »

# « LOLA »

Dans ma loge, tous les soirs, j'entendais, sur les marches de fer qui conduisent au plateau, un tic-tac de grosses béquilles. Pourtant, le programme ne comportait aucun « numéro d'amputé... ». J'ouvrais ma porte, pour voir le petit cheval nain grimper l'escalier, de ses pieds adroits, non ferrés. L'âne blanc le suivait, sabotant sec, et puis le danois bringé, aux grosses pattes molles, et puis le caniche beige, et les fox-terriers.

La Viennoise rondelette, qui régissait le « cirque miniature », veillait, ensuite, à l'ascension du petit ours, toujours récalcitrant et comme désespéré, qui étreignait les montants de l'échelle et gémissait sourdement, en enfant qu'on mène au cachot. Deux singes suivaient, en falbalas de soie et de paillettes, fleurant le poulailler mal tenu. Tous montaient avec des soupirs étouffés, des grognements contenus, des jurons à voix basse ; ils s'en allaient attendre l'heure du travail quotidien.

Je ne voulais plus les voir là-haut, captifs et sages ; le spectacle de leur résignation m'était devenu intolérable. Je savais que le petit cheval, martingalé, essayait en vain d'encenser et détendait sans cesse une jambe de devant, avec un geste ataxique. Je savais qu'un des singes, mélancolique et faible, appuyait enfantinement sa tête à l'épaule de son compagnon, en fermant les yeux ; que le danois stupide regardait devant lui, sombre et fixe ; que le vieux caniche battait de la queue avec une bienveillance sénile ; que l'ours, surtout, le petit ours, prenait sa tête à deux

mains en geignant et pleurait tout bas, parce qu'une cour-
roie très fine, bouclée autour de son museau, lui coupait
presque la lèvre.

J'aurais voulu oublier ce groupe misérable harnaché de
cuir blanc et de grelots, paré de rubans, ces gueules hale-
tantes, ces haleines âpres de bête à jeun, je ne voulais plus
voir, ni plaindre, cette douleur animale que je ne pouvais
secourir. Je restais en bas, — avec Lola.

Lola ne venait pas me rejoindre tout de suite. Elle attendait que le sourd travail d'ascension se fût tu, que le dernier fox-terrier eût caché, au tournant de l'échelle, son
derrière blanc de lapin. Puis elle poussait ma porte entre-
bâillée, du bout de son museau insinuant.

Elle était si blanche que ma loge sordide s'éclairait. Un
long, long corps de lévrier, blanc de neige, — la nuque,
les coudes, les cuisses et la queue hérissés d'un argent fin,
d'un flottant poil brillant comme du fil de verre. Elle
entrait et levait vers moi ses prunelles mêlées de brun et
d'orange, dont la rare couleur eût suffi à émouvoir. Sa langue rose et sèche pendait un peu, et elle haletait douce-
ment, de soif...

« Donne-moi à boire... Donne-moi à boire, quoiqu'on
l'ait défendu... Mes compagnons ont soif aussi, là-haut, on
ne doit pas boire avant le travail... Mais, toi, donne-moi à
boire... »

Elle lapait l'eau tiédie, dans la cuvette de zinc que je
rinçais pour elle. Elle lapait avec une distinction qui semblait, comme tous ses gestes, affectée, et j'avais honte,
devant elle, du bord écaillé de la cuvette, du broc cabossé,
du mur gras qu'elle évitait de frôler...

Pendant qu'elle buvait, je regardais ses petites oreilles
en forme d'ailes, ses pattes dures comme celles d'un cerf,
ses reins sans chair, et ses beaux ongles, blancs comme
son poil...

Désaltérée, elle détournait de la cuvette son pudique
museau effilé, et me livrait un peu plus longtemps son
regard où je ne pouvais rien lire, sinon une vague inquié-

tude, une sorte de prière farouche... Puis elle montait toute seule vers le plateau, où son rôle se bornait, d'ailleurs, à une figuration honorable, à quelques sauts de barrière qu'elle accomplissait élégamment, avec une puissance dissimulée et paresseuse. La rampe avivait l'or de ses yeux, et elle répondait à chaque claquement de la chambrière par une grimace nerveuse, un menaçant sourire qui découvrait des gencives roses et des dents parfaites.

Pendant presque un mois, elle ne me demanda rien, que l'eau fade et tiède dans la cuvette d'émail. Chaque soir, je lui disais, sans paroles : « Prends. Je voudrais te donner tout ce qui t'est dû. Car tu m'as reconnue, et tu m'as demandé à boire, toi qui ne parles à personne, pas même à la dame viennoise qui noue, d'une main potelée et autoritaire, un collier bleu à ton cou de serpent... »

Le vingt-neuvième jour, j'embrassai, chagrine, la chienne sur son front satiné et plat, et, le trentième jour... je l'achetai.

« Belle, mais pas savante », me confia la dame viennoise. Elle gazouilla pour Lola, en manière d'adieu, des gentillesses austro-hongroises ; la chienne se tenait debout auprès de moi, sérieuse, et regardait droit devant elle, avec un air dur, en louchant un peu. Et puis, je pris la laisse pendante, et je marchai, et les longs fuseaux secs, armés de griffes blanches, mesurèrent leurs pas sur les miens...

Elle me suivit moins qu'elle ne m'accompagna, et je soulevais, pour qu'elle ne lui pesât point, la chaîne de cette princesse prisonnière. Sa rançon, que j'avais payée, suffirait-elle à la faire mienne ?

Ce jour-là, Lola ne mangea pas et refusa de boire l'eau fraîche que je lui offris dans un bol blanc acheté tout exprès. Mais elle tourna languissamment son cou onduleux, son museau fiévreux et fin, vers la vieille cuvette écaillée. Elle y but, et releva vers moi son généreux regard, pailleté comme une liqueur étincelante :

« Je ne suis pas une princesse enchaînée, mais une chienne, une vraie chienne, au cœur de chienne. Je suis innocente de toute cette beauté que l'on voit trop, et qui t'a fait envie. Est-ce pour elle seule que tu m'as achetée ? Est-ce pour ma robe d'argent, mon ventre en arceau qui avale l'air, ma poitrine en carène, mes os secs et sonores, nus sous ma chair avare et légère ? Ma démarche t'enchante, et aussi le bond harmonieux dont je semble franchir à la fois et couronner un portique invisible, et tu me nommes princesse enchaînée, chimère, beau serpent, cheval-fée... et te voilà interdite devant moi !... Je ne suis qu'une chienne au cœur de chienne, orgueilleuse, malade de tendresse, et tremblant de se donner trop vite. C'est moi qui tremble, parce que tu m'as échangée, à jamais, contre ce peu d'eau tiédie que ta main versa, tous les soirs, au fond d'une cuvette écaillée... »

# CHIENS SAVANTS

— Tiens-la ! Tiens-la !... Ah ! la rosse, elle l'a encore mouchée !

Manette vient d'échapper au machiniste et de sauter sur Cora, qui s'y attendait. Mais la petite fox est douée d'une rapidité de projectile, et ses dents ont percé, à travers le poil épais de la colley, un peu de la peau du cou. Cora ne riposte pas tout de suite ; l'oreille tendue vers la sonnette de scène, les babines retroussées jusqu'aux yeux, elle menace seulement sa camarade d'une grimace de renard féroce et d'un petit râle étranglé, doux comme un ronron de gros chat.

Dans les bras de son maître, Manette hérisse les poils de son échine comme des soies de porc et s'étrangle à dire des choses abominables.

— A'vont se bouffer ! dit le machiniste.

— Penses-tu ? réplique Harry's. Elles sont plus sérieuses que ça. Les colliers, vite !

Il noue au cou de Cora le ruban bleu pâle qui fait valoir sa robe couleur de froment mûr, et le machiniste boucle sur le dos de Manette un harnais de carlin, en velours vert clouté d'or, alourdi de médailles et de grelots.

— Tiens-la serré, le temps que j'enfile mon dolman...

Le gilet de tricot cachou, bruni par la sueur, disparaît sous un dolman saphir, matelassé aux épaules, qui étrangle la taille. Cora, retenue par le machiniste, râle plus haut et vise, au-dessus d'elle, le train postérieur de Manette, de

Manette convulsée, effrayante, les yeux injectés et les oreilles coquillées en arrière.

— Une bonne tripotée, ça les calmerait pas ? hasarde le garçon en cotte bleue.

— Jamais avant le travail ! tranche Harry's, catégorique.

Derrière le rideau baissé, il vérifie l'équilibre des barrières qui limitent une piste d'obstacles en miniature, consolide la haie et la banquette, passe un chiffon de laine sur les barres nickelées des tremplins où rebondira la colley jaune. C'est lui aussi qui remonte de sa loge une série de cerceaux de papier, humides d'un collage hâtif.

— Je fais tout moi-même ! déclare-t-il. L'œil du maître !...

Dans son dos, l'accessoiriste hausse les épaules :

— L'œil du maître, oui ! Et nib de pourboire à l'équipe !

L'« équipe », composée de deux hommes, n'en garde pas rancune à Harry's, qui touche dix francs par jour.

— Dix francs pour trois gueules et dix pattes, c'est pas gras ! concède l'accessoiriste.

Trois gueules, dix pattes et deux cents kilos de bagages. Tout ça tourne, toute l'année, à la faveur de demi-tarifs en troisième classe. L'an dernier, il y avait une « gueule » de plus, celle du caniche blanc qui est mort : un vieux cabot hors d'âge, routier fini, qui connaissait tous les « établissements » de France et de l'étranger. Harry's le regrette et vante encore les mérites de défunt Charlot.

— Il savait tout faire, madame. La valse, le saut périlleux, le tremplin, les trucs du chien calculateur, tout ! Il m'en aurait appris, à moi qui en ai dressé quelques-uns, pourtant, des chiens pour les cirques ! Il aimait son métier, et rien que ça, et il était bouché pour le reste. Les derniers temps, vous n'en auriez pas donné quarante sous, si vous l'aviez vu dans la journée, tout vieux, quatorze ans au moins, tout raide de rhumatismes, avec les yeux qui pleuraient et son nez noir qui tournait au gris. Il ne se réveillait qu'à l'heure de son travail, et c'est là qu'il fallait le voir !

Je le maquillais comme une jeune première : et le cosmé-
tique noir au nez, et le crayon gras pour ses pauvres yeux
chassieux, et la poudre d'amidon tout partout pour le faire
blanc de neige, et les rubans bleus ! Ma parole, madame,
il ressuscitait ! Pas plutôt maquillé, il marchait sur ses pattes de derrière, il éternuait, il n'avait pas de cesse qu'on
frappe les trois coups... Sorti de scène, je l'enveloppais
dans une couverture et je le frictionnais à l'alcool. Je l'ai
bien prolongé, mais ça ne peut pas durer éternellement, un
caniche savant...

« Ces deux-là, mes chiennes, elles vont bien ; mais ce
n'est plus ça. Elles aiment leur maître, elles craignent la
cravache ; elles ont de la tête et de la conscience, mais
l'amour-propre n'y est pas. Elles font leur numéro
comme elles tireraient une voiture, pas plus, pas moins.
C'est des travailleuses, c'est pas des artistes. À leur
figure, on voit qu'elles voudraient avoir déjà fini, et le
public n'aime pas ça. Ou bien il pense que les bêtes se
moquent de lui, ou bien il ne se gêne pas pour dire :
« Pauvres bêtes ! ce qu'elles sont tristes ! Ce qu'on a dû
les martyriser pour leur apprendre tant de singeries ! » Je
voudrais les voir, tous ces messieurs et ces dames de la
Protectrice, en train de dresser des chiens ! Ils feraient
comme les camarades. Le sucre — la cravache — la cravache — le sucre — et une bonne dose de patience : il
n'y a pas à sortir de là... »

Les deux « travailleuses », à cette heure, ne se quittent
pas de l'œil. Manette tremble nerveusement, perchée sur
un billot de bois bariolé ; Cora, en face d'elle, couche les
oreilles comme un chat fâché...

Sur un trille de timbre, l'orchestre interrompt la lourde
polka qui trompait l'attente du public, et commence une
valse lente ; comme obéissant à un signal, les chiennes
rectifient leur attitude : elles ont reconnu *leur* valse. Cora
bat mollement de la queue, dresse ses oreilles et prend
cette expression neutre, aimable et ennuyée qui la fait
ressembler aux portraits de l'impératrice Eugénie.

Manette, insolente, luisante, un peu trop grasse, guette la montée pénible du rideau, puis l'entrée d'Harry's, bâille, et halète déjà, d'agacement et de soif...

Le travail commence, sans incident, sans révolte. Cora, avertie par un cinglement de mèche sous le ventre, ne triche pas au saut des barrières. Manette marche sur les pattes de devant, valse, aboie, et saute aussi les obstacles, debout sur le dos de la colley jaune. C'est de l'ouvrage banal, mais correct ; il n'y a rien à redire.

Les gens grincheux reprocheraient peut-être à Cora son indifférence princière, et à la petite fox son entrain factice... On voit bien qu'ils n'ont pas, les gens grincheux, des mois de tournée dans les pattes, et qu'ils ignorent le fourgon à chiens, l'auberge, la pâtée au pain qui gonfle et ne nourrit pas, les longues heures d'arrêt dans les gares, les trop brèves promenades hygiéniques, le collier de force, la muselière — l'attente surtout, l'attente énervante de l'exercice, du départ, de la nourriture, de la raclée... Ils ignorent, les spectateurs difficiles, que la vie des bêtes savantes se passe à attendre, et qu'elles s'y consument...

Les deux chiennes n'attendent, ce soir, que la fin du numéro. Mais dès la chute du rideau, quelle belle bataille ! Harry's arrive juste à temps pour les arracher l'une à l'autre, mouchetées de morsures roses et leurs rubans en loques...

— C'est un genre, madame, un genre qu'elles ont pris ici ! crie-t-il, furieux. Elles camaradent bien, d'habitude, elles couchent ensemble, dans ma chambre, à l'hôtel. Seulement, ici, c'est une petite ville, n'est-ce pas ? On n'y fait pas comme on veut. À l'hôtel, la patronne m'a dit : « Je veux bien d'un chien, mais pas de deux ! » Alors, comme je suis juste, je laisse tantôt l'une, tantôt l'autre de mes chiennes passer la nuit au théâtre, dans le panier cadenassé. Elles ont compris tout de suite le roulement. Et c'est tous les soirs la comédie que vous venez de voir. Dans la journée, elles sont douces comme des moutons ; à mesure que l'heure de boucler approche, c'est à qui des deux ne restera pas dans le panier grillé ; elles se mangeraient de jalousie ! Et vous ne voyez rien ! Ce qui est un vrai spectacle, c'est la tête de celle que j'emmène avec moi, qui fait exprès de japper, de sauter à côté du panier où j'enferme l'autre ! Je n'aime pas l'injustice avec les bêtes, moi. Je pourrais faire autrement que je le ferais, mais quand on ne peut pas, n'est-ce pas ?...

Je n'ai pas vu Manette ce soir, partir arrogante et radieuse ; mais j'ai vu Cora, enfermée, figée dans un désespoir contenu. Elle froissait contre l'osier sa toison blonde et tendait hors des barreaux son doux museau de renard.

Elle écoutait s'éloigner le pas de son maître et le grelot de Manette. Quand la porte de fer se referma sur eux, elle enfla sa poitrine pour jeter un cri ; mais elle se souvint que j'étais là encore, et je n'entendis qu'un profond soupir humain. Puis elle ferma les yeux fièrement, et se coucha.

# NONOCHE

Le soleil descend derrière les sorbiers grappés de fruits verts qui tournent çà et là au rose aigre. Le jardin se remet lentement d'une longue journée de chaleur dont les molles feuilles du tabac demeurent évanouies. Le bleu des aconits a certainement pâli depuis ce matin, mais les reines-claudes, vertes hier sous leur poudre d'argent, ont toutes, ce soir, une joue d'ambre.

L'ombre des pigeons tournoie, énorme, sur le mur tiède de la maison et éveille, d'un coup d'éventail, Nonoche qui dormait dans sa corbeille...

Son poil a senti passer l'ombre d'un oiseau ! Elle ne sait pas bien ce qui arrive. Elle a ouvert trop vite ses yeux japonais, d'un vert qui met l'eau sous la langue. Elle a l'air bête comme une jeune fille très jolie, et ses taches de chatte portugaise semblent plus en désordre que jamais : un rond orange sur la joue, un bandeau noir sur la tempe, trois points noirs au coin de la bouche, près du nez blanc fleuri de rose... Elle baisse les yeux et la mémoire de toutes choses lui remonte au visage dans un sourire triangulaire ; contre elle, noyé dans elle, roulé en escargot, sommeille son fils.

« Qu'il est beau ! se dit-elle. Et gros ! Aucun de mes enfants n'a été si beau. D'ailleurs je ne me souviens plus d'eux... Il me tient chaud. »

Elle s'écarte, creuse le ventre avant de se lever, pour que son fils ne s'éveille pas. Puis elle bombe un dos de dromadaire, s'assied et bâille, en montrant les stries fines d'un palais trois fois taché de noir.

En dépit de nombreuses maternités, Nonoche conserve un air enfantin qui trompe sur son âge. Sa beauté solide restera longtemps jeune, et rien dans sa démarche, dans sa taille svelte et plate, ne révèle qu'elle fut, en quatre portées, dix-huit fois mère. L'extrémité de son poil court et fourni brille, s'irise au soleil comme fait l'hermine. Ses oreilles, un peu longues, ajoutent à l'étonnement gracieux de ses yeux inclinés et ses pattes minces, armées de brèves griffes en cimeterre, savent fondre confiantes dans la main amie.

Futile, rêveuse, passionnée, gourmande, caressante, autoritaire, Nonoche rebute le profane et se donne aux seuls initiés qu'a marqués le signe du Chat. Ceux-là même ne la comprennent pas tout de suite et disent : « Quelle bête capricieuse ! » Caprice ? point. Hyperesthésie nerveuse seulement. La joie de Nonoche est tout près des larmes, et il n'y a guère de folle partie de ficelle ou de balle de laine qui ne finisse en petite crise hystérique, avec morsures, griffes et feulements rauques. Mais cette même crise cède sous une caresse bien placée, et parce qu'une main adroite aura effleuré ses petites mamelles sensibles, Nonoche furibonde s'effondrera sur le flanc, plus molle qu'une peau de lapin, toute trépidante d'un ronron qu'elle file trop aigu et qui parfois la fait tousser...

« Qu'il est beau ! » se dit-elle en contemplant son fils. « La corbeille devient trop petite pour nous deux. C'est un peu ridicule, un enfant si grand qui tète encore. Il tète avec des dents pointues, maintenant... Il sait boire à la soucoupe, il sait rugir à l'odeur de la viande crue, il gratte à mon exemple la sciure du plat, d'une manière anxieuse et précipitée où je me retrouve toute... Je ne vois plus rien à faire pour lui, sauf de le sevrer. Comme il abîme ma troisième mamelle de droite ! C'est une pitié. Le poil de mon ventre, tout autour, ressemble à un champ de seigle versé sous la pluie ! Mais quoi ? quand ce grand petit se jette sur mon ventre, les yeux clos comme un nouveau-né, quand il arrange en gouttière autour de la tétine sa langue devenue trop large... qu'il me pille et me morde et me boive, je n'ai pas la force de l'en empêcher ! »

Le fils de Nonoche dort dans sa robe rayée, pattes mortes et gorge à la renverse. On peut voir sous la lèvre relevée un bout de langue, rouge d'avoir tété, et quatre petites dents très dures taillées dans un silex transparent.

Nonoche soupire, bâille et enjambe son fils avec précaution. La tiédeur du perron est agréable aux pattes. Une libellule grésille dans l'air, et ses ailes de gaze rêche frôlent par bravade les oreilles de Nonoche qui frémit, fronce les sourcils et menace du regard la longue bête en mosaïque de turquoises...

Les montagnes bleuissent. Le fond de la vallée s'enfume d'un brouillard blanc qui s'effile, se balance et s'étale comme une onde. Une haleine fraîche monte déjà de ce lac impalpable, et le nez de Nonoche s'avive et s'humecte. Au loin, une voix connue crie infatigablement : « Allons-v'nez — allons-v'nez — allons-v'nez... mes vaches ! Allons-v'nez — allons-v'nez... » Des clarines sonnent, le vent porte une paisible odeur d'étable, et Nonoche pense au seau de la traite, au seau vide dont elle léchera la couronne d'écume... Un miaulement de convoitise et de désœuvrement lui échappe. Elle s'ennuie. Depuis quelque temps, chaque crépuscule ramène cette mélancolie agacée, ce vide et vague désir...

La première chauve-souris nage en zigzag dans l'air. Elle vole bas et Nonoche peut distinguer deux yeux de rat, le velours roux du ventre en figue... C'est encore une de ces bêtes où on ne comprend rien et dont la conformation inspire une inquiétude méprisante. Par association d'idées, Nonoche pense au hérisson, à la tortue, ces énigmes, et passe sur son oreille une patte humide de salive...

Mais quelque chose arrête court son geste, quelque chose oriente en avant ses oreilles, noircit le vert acide de ses prunelles...

Du fond du bois où la nuit massive est descendue d'un bloc, par-dessus l'or immobile des treilles, à travers tous les bruits familiers, n'a-t-elle pas entendu venir jusqu'à elle, traînant, sauvage, musical, insidieux, — l'appel du Matou ?

Elle écoute... Plus rien. Elle s'est trompée... Non ! L'appel retentit de nouveau, lointain, rauque et mélancolique à faire pleurer, reconnaissable entre tous. Le cou tendu, Nonoche semble une statue de chatte, et ses moustaches seules remuent faiblement, au battement de ses narines. D'où vient-il, le tentateur ? Qu'ose-t-il demander et promettre ? Il multiplie ses appels, il les module, se fait tendre, menaçant, il se rapproche et pourtant reste invisible ; sa voix s'exhale du bois noir, comme la voix même de l'ombre...

« Viens !... Viens !... Si tu ne viens pas ton repos est perdu. Cette heure-ci n'est que la première, mais songe que toutes les heures qui suivront seront pareilles à celles-ci, emplies de ma voix, messagères de mon désir... Viens !...

« Tu le sais, tu le sais que je puis me lamenter durant des nuits entières, que je ne boirai plus, que je ne mangerai plus, car mon désir suffit à ma vie et je me fortifie d'amour !... Viens !...

« Tu ne connais pas mon visage et qu'importe ! Avec orgueil, je t'apprends qui je suis : je suis le long Matou déguenillé par dix étés, durci par dix hivers. Une de mes pattes boite en souvenir d'une vieille blessure, mes narines balafrées grimacent et je n'ai plus qu'une oreille, festonnée par la dent de mes rivaux.

« À force de coucher sur la terre, la terre m'a donné sa couleur. J'ai tant rôdé que mes pattes semellées de corne sonnent sur le sentier comme le sabot du chevreuil. Je marche à la manière des loups, le train de derrière bas, suivi d'un tronçon de queue presque chauve... Mes flancs vides se touchent et ma peau glisse autour de mes muscles secs, entraînés au rapt et au viol... Et toute cette laideur me fait pareil à l'Amour ! Viens !... Quand je paraîtrai à tes yeux, tu ne reconnaîtras rien de moi, — que l'Amour !

« Mes dents courberont ta nuque rétive, je souillerai ta robe, je t'infligerai autant de morsures que de caresses, j'abolirai en toi le souvenir de ta demeure, et tu seras, pendant des jours et des nuits, ma sauvage compagne hurlante... jusqu'à l'heure plus noire où tu te retrouveras seule, car j'aurai fui mystérieusement, las de toi, appelé par celle que je ne connais pas, celle que je n'ai pas possédée encore... Alors tu retourneras vers ton gîte, affamée, humble, vêtue de boue, les yeux pâles, l'échine creusée comme si l'enfant y pesait déjà, et tu te réfugieras dans un long sommeil tressaillant de rêves où ressuscitera notre amour... Viens !... »

Nonoche écoute. Rien dans son attitude ne décèle qu'elle lutte contre elle-même, car le mensonge est la première parure d'une amoureuse... Elle écoute, rien de plus...

Dans sa corbeille, l'obscurité éveille peu à peu son fils qui se déroule, chenille velue, et tend des pattes tâtonnantes... Il se dresse, maladroit, s'assied, plus large que haut, avec une majesté puérile. Le bleu hésitant de ses yeux, qui seront peut-être verts, peut-être vieil or, se trouble d'inquiétude. Il dilate, pour mieux crier, son nez chamois où aboutissent toutes les rayures convergentes de son visage... Mais il se tait, malicieux : il a vu le dos bigarré de sa mère, assise sur le perron.

Debout sur ses quatre pattes courtaudes, fidèle à la tradition qui lui enseigna cette danse barbare, il s'approche, les oreilles renversées, le dos bossu, l'épaule de biais, par petits bonds de joujou terrible, et fond sur Nonoche qui ne s'y attendait pas... La bonne farce ! Elle en a presque crié. On va sûrement jouer comme des fous jusqu'au dîner !

Mais un revers de patte nerveux a jeté l'assaillant au bas du perron, et maintenant une grêle de tapes sèches s'abat sur lui, commentées de fauves crachements et de regards en furie !... La tête bourdonnante, poudré de sable, le fils de Nonoche se relève, si étonné qu'il n'ose pas demander pourquoi, ni suivre celle qui ne sera plus jamais sa nourrice et qui s'en va très digne, le long de la petite allée noire, vers le bois hanté...

# LA MÈRE CHATTE

« Un, deux, trois, quatre... Non, je me trompe. Un, deux, trois, quatre, cinq, six... Non, cinq. Où est le sixième ? Un, deux, trois... Dieu, que c'est fatiguant ! À présent, ils ne sont plus que quatre. J'en deviendrai folle. Petits ! petits ! Mes fils, mes filles, où êtes-vous ?

« Quel est celui qui se lamente entre le mur et la caisse de géraniums ? Je ne dis pas cela parce que c'est mon fils, mais il crie bien. Et pour le seul plaisir de crier, car il peut parfaitement se dégager à reculons. Les autres ?... Un, deux, trois... Je tombe de sommeil. Eux, ils ont tété et dormi, les voilà plus vifs qu'une portée de rats. Je m'enroue à répéter le roucoulement qui les rassemble, ils ne m'obéissent pas. À force de les chercher, je ne les vois plus, ou bien mon souci les multiplie. Hier n'en ai-je pas compté, effarée, jusqu'à neuf ? Ce jardin est leur perdition.

« Attention, vous, là-bas ! On ne passe pas, on ne passe *jamais* sous la grille du chenil : combien de fois faudra-t-il le redire ? Quand comprendrez-vous, enfant de la gouttière, bâtard sans instinct, ce que vaut cette chienne ? Elle vous guette derrière ses barreaux et vous goberait comme un mulot, quitte à s'écrier ensuite : « Oh ! c'était un petit chat ? Quel dommage ! Je me suis trompée ! » Elle a des yeux doux, de velours orange, et souvenez-vous de ne vous fier jamais à son sauvage sourire !... Par contre, je vous accorde d'aller, tous, essayer vos griffes enfantines, encore flexibles et transparentes, sur le flanc coriace et le museau de la bouledogue. En dépit de sa laideur — j'ai

honte pour elle quand je la regarde ! — elle ne ferait pas
de mal à une mouche : c'est à la lettre, car les mouches se
jouent de sa gueule en caverne, toujours béante, piège
inoffensif dont le ressort, chaque fois, happe le vide. Celle-
là, roulez sous ses pattes, sous son ventre, cardez-la
comme un tapis, profitez de sa chaleur nauséabonde —
elle est votre servante monstrueuse, la laide négresse de
mes enfants princiers.

« Petits, petits !... Un, deux, trois... Sincèrement, je voudrais être de deux mois plus vieille ou de trois semaines
plus jeune. Il y a vingt jours, je les avais tous les six dans
la corbeille, aveugles et pelucheux ; ils ne savaient que
ramper et, suspendus à mes mamelles, onduler d'aise
comme des sangsues. Une fièvre légère égayait mon épui-
sement, j'étais une douce machine stupide et ronronnante
qui allaitait, léchait, mangeait et buvait avec un zèle borné.
Comme c'était facile ! Maintenant, ils sont terribles, et
quand il faudrait sévir, ma sévérité désarme rien qu'à les
voir. Il n'y a rien au monde qui leur ressemble. Si petits,
et déjà pourvus des signes éclatants qui proclament la
pureté d'une lignée sans mésalliance ! Si jeunes, et portant
en cierge leur queue massive, charnue à la base comme
une queue de petit mouton ! Azurés, bas sur pattes, le rein
court, gais debout et mélancoliques assis, à l'image de leur
glorieux père. Dans deux semaines, leurs prunelles d'un
bleu provisoire vont se troubler de paillettes d'or,
d'aiguilles micacées d'un vert précieux. Ils cesseront
d'être pareils, l'œil grossier des hommes discernera les
crânes larges des jeunes matous, les nuques minces des
chattes et leurs joues effilées ; une susceptibilité hargneuse
armera contre moi, et moi contre elles, ces petites femelles
ingénues... Quant à leur pelage, je n'en dirai rien, pour ne
me point louer moi-même. Sur leur tête, dans ce duvet bleu
d'orage, quatre raies plus foncées, capricieuses comme les
ondes qui moirent un profond velours, s'irisent ou fondent
selon la lumière...

« Où sont-ils ? Où sont-ils ? Un, deux... Deux

seulement ! Et les quatre autres ? Répondez, vous deux, sottement occupés l'un à manger une ficelle, l'autre à chercher l'entrée de cette caisse qui n'a pas de porte ! Oui, vous n'avez rien vu, rien entendu, laids petits chats-huants que vous êtes, avec vos yeux ronds !

« ... Ni dans la cuisine, ni dans le bûcher ! Dans la cave ? Je cours, je descends, je flaire... rien... Je remonte, le jardin m'éblouit... Où sont les deux que je gourmandais tout à l'heure ? Perdus aussi ? Mes enfants, mes enfants ! Au secours, ô Deux-Pattes, accourez, j'ai perdu tous mes enfants ! Ils jouaient, là, tenez, dans la jungle de fusains : je ne les ai pas quittés, tout au plus ai-je cédé, une minute, au plaisir de chanter leur naissante gloire, sur ce mode amoureux, enflé d'images, où ressuscitent mes origines persanes... Rendez-les moi, ô Deux-Pattes puissants, dispensateurs du lait sucré et des queues de sardines ! Cherchez avec moi, ne riez pas de ma misère, ne me dites pas qu'entre un jour et le jour qui vient je perds et retrouve cent fois mon sextuple trésor ! Je redoute, je prévois un malheur pire que la mort, et vous n'ignorez pas que mon instinct de mère et de chatte me fait deux fois infaillible !...

« Tiens !... D'où sort-il, celui-ci ?... C'est, ma foi, mon lourdaud de premier, tout rond, suivi de son frère sans malice. Et d'où vient celle-ci, petite femelle impudente, prête à me braver et qui jure, déjà, en râlant de la gorge ? Un, deux, trois... Trois, quatre, cinq... Viens, mon sixième, délicat et plus faible que les autres, plus tendre aussi, et plus léché, toi pour qui je garde l'une de mes lourdes mamelles d'en bas, inépuisable, dans le doux nid duveté de poil bleu que te creusent mes pattes de derrière... Quatre, cinq, six... Assez, assez ! Je n'en veux pas davantage ! Venez tous dans la corbeille, à l'ombre fine de l'acacia. Dormons, ou prenez mon lait, en échange d'une heure de répit — je n'ai pas dit de repos, car mon sommeil prolonge ma vigilance éperdue, et c'est en rêve que je vous cherche et vous compte : un, deux, trois, quatre... »

# LE TENTATEUR

> Un crépuscule d'hiver. Le feu
> s'éteint. Le chat est assis et rêve.
> Grand silence.

ELLE. — Chat ! Que regardes-tu dans ce coin ?

LE CHAT. — Rien. Le noir.

ELLE. — Tu t'ennuies ?

LE CHAT. — Non.

ELLE. — Moi, je m'ennuie.

LE CHAT. — Fais comme moi : regarde dans le noir.

ELLE. — Oh ! non... Veux-tu la balle de laine ?

LE CHAT. — Ce n'est pas l'heure. Je joue à autre chose. Fais comme moi : joue. Ouvre tes yeux très grands, ne cligne pas, et regarde.

ELLE. — Mais regarder quoi ?

LE CHAT. — Regarde ! Ne cherche pas, n'appelle rien : tout va venir devant toi... Que vois-tu ?

ELLE. — Presque rien... Un vase gris — je sais qu'il est là — et des roses couleur de brume, devant la fenêtre... Le col élancé d'une lampe... Un rideau de soie qui semble retenu et drapé par une main invisible.

LE CHAT. — Invisible ?

ELLE. — Oui... Je veux dire qu'il n'y a pas de main.

LE CHAT. — Pas de main ? Je la vois.

ELLE. — Ne me fais pas peur !

LE CHAT. — Ce n'est pas pour t'effrayer, c'est pour t'apprendre le jeu. Vois la main qui soulève le rideau !

ELLE. — Non...

LE CHAT. — Une longue main, presque cachée par les plis du rideau, mais j'entends le grincement léger des ongles dans la soie... Tu entends ?

ELLE. — Non...

LE CHAT. — Tu vas entendre. Écoute bien ! Écoute très fort ! que tes oreilles remuent sous tes cheveux ! Tu entends ?

ELLE. — J'entends... Mais c'est le bruissement de mes cheveux contre mes oreilles.

LE CHAT. — Tu ne sais pas encore le jeu. Cela va venir... Ah ! le rideau a remué ! Tu as vu ?

ELLE. — Je ne sais pas... Je ne suis pas sûre...

LE CHAT. — Si ! La main vient de relever un peu le rideau de soie. La fenêtre est plus grande à présent, et bleue comme la neige sous la lune...

ELLE. — La neige... sous la lune...

LE CHAT. — C'est la neige sous la lune... Tu vois, maintenant, la main sur le rideau ?

ELLE. — Oui...

LE CHAT. — Et quoi encore ?

ELLE. — Je vois aussi le col élancé de la l...

LE CHAT. — Chut !... de la bête serpentine, dressée contre la baie pleine d'eau transparente...

ELLE, *faiblement*. — Mais c'était de la neige...

LE CHAT, *impérieux*. — C'est de l'eau transparente et bleue, à présent ! Joue le jeu, ou je te laisse !

ELLE. — Ne me laisse pas !...

LE CHAT. — Joue le jeu, alors ! Le col élancé de la bête serpentine, tu le vois qui se penche, se penche, et rampe vers...

ELLE, *docilement*. — ...Vers le vase gris où trempent les roses... Mais où sont-elles ?

LE CHAT. — Suis la bête ! Tu peux la suivre ?

ELLE. — Oui... attends... Elle rampe, elle est noire, mais, à chaque vague d'écailles de son dos, s'allume un point de lumière mouillée... Viens ! Les roses sont là. Tu les entends s'effeuiller ? Le glissement des pétales est si doux contre les tiges... Dans l'obscurité, on dirait qu'une main douce descend le long d'une jambe lisse...

LE CHAT. — Tu joues mal. Ce n'est pas la rose qui s'effeuille, c'est le glissement soyeux d'une main douce, contre une jambe lisse.

ELLE, *en sursaut*. — Non ! je ne veux pas ! Ou j'allume la lampe !

LE CHAT, *très doux*. — Ne te fâche pas ! je me trompais. Ce sont des roses... Tout un jardin de roses...

ELLE. — Oui, mais si pâle ! Couleur de cendre, et laiteux... Es-tu sûr qu'il soit désert ?

LE CHAT. — Désert. Mais, au tournant de chaque allée, serpente le beau col de la bête vipérine.

ELLE. — Que me parles-tu de la bête onduleuse ? C'est un ruisseau. Si mince, tu vois ? comme un bracelet. Et murmurant, à donner soif ! Puis-je boire ?

LE CHAT. — Ne bois pas ! C'est un serpent !

ELLE. — À mon bras alors ! ou à mon cou... Ah ! qu'il est doux ! On dirait...

LE CHAT. — ... La caresse d'une main lisse, au long d'une chair tiède qui tressaille...

ELLE, *suppliante*. — Non, non ! rends-moi la lumière ! J'ai peur !

LE CHAT, *très doux*. — Comme tu es faible ! la nuit rassurante nous garde. Voile-toi de tes cheveux, si tu veux. Mais personne ne verra combien, égarée, tu sembles chérir ta crainte. Il n'y a personne dans les jardins où je te mène. Des allées où les pas ne marquent point, des fleurs sans visage, et pas d'autre miroir que ce vivier bleuâtre, là-bas...

ELLE. — Mais c'était la fenêtre bleue ?

LE CHAT. — ...Que ce vivier bleuâtre, où les queues des poissons égratignent le reflet de la lune... Remue, du bout de ton pied nu, cette eau lourde où dort, fraternel, le serpent qui glissa de ton bras... Descends une marche... encore une marche... Tu veux te baigner ?

ELLE. — Que l'eau est douce !... Elle étreint mes chevilles comme deux bracelets tièdes, et monte à mes genoux...

LE CHAT. —...Comme deux mains soyeuses, dont la caresse tourne sur une chair lisse...

ELLE. — Hélas !...

LE CHAT. — Ne te défends pas. Couche-toi, parmi les moires de l'eau et les anneaux du serpent. Je t'abandonne ici. Je vais à mes jardins, où tu ne me suivras pas, toi que le crépuscule, le rêve et le sommeil rejettent, implacablement, au même voluptueux souvenir. Mais hésite, une autre fois, à troubler le songe éveillé d'un Chat assis, à la nuit tombante, auprès d'un rideau de soie, entre une lampe au col élancé et le vase où se fanent des roses...

# LA CHIENNE BULL

En quoi est-elle ? en bronze, en vieux bois de Chine, noir, dur et huilé ? Ou en grès flammé, sombre, cuit très longtemps ? Dans la pleine lumière, on distingue sur ses flancs des « bringes » allongées, un peu rousses, comme des léchures de feu...

Elle est chaude quand on la touche, et plus dure qu'un meuble. Ses cuisses courtes sont toutes cordées de muscles, ni plus ni moins qu'à un lutteur japonais.

Pour la figure, chacun en prend ce qu'il veut, et libre à vous d'y retrouver, comme moi, la gueule en tirelire d'un crapaud, un front bossu de dauphin au-dessus de deux trous d'évent pour chasser l'eau, — et ces yeux de cochon, futés, bridés, et ce sourire d'enfant nègre ! Deux grandes oreilles de chauve-souris coiffent le monstre, aptes à s'ouvrir, se fermer, se plier en coquilles, s'orienter en avant, en arrière...

C'est Poucette qu'on la nomme, parce qu'elle est très petite. « Petite, mais costaude » : elle porte avec orgueil la même devise que Bubu de Montparnasse.

Quand elle marche, elle a l'air de nager, tant elle meut délicatement ses courts et légers petits pieds d'éléphant. Mais quand elle nage, elle a l'air de se noyer, verticale et les pattes battant l'eau comme des palettes de moulin, avalant la vague par le nez, par la gueule, par les yeux et les oreilles. Chaque fois, on se demande : « En réchappera-t-elle ? » et son bain volontaire ressemble à un suicide.

Goinfre, elle attrape au vol tout ce qui tombe. Elle avale — plouc ! — les gros morceaux, mais mâche longuement les petits, et boit cinquante fois le jour, en pensant à autre chose ;

elle boit par désœuvrement, pour tuer le temps et l'ennui, comme un terrassier se saoule quand il n'a pas d'ouvrage.

L'oisiveté la ronge. Car elle se refuse à dormir pendant que nous veillons. Si je lis, si j'écris, si je flâne au soleil à demi assoupie, Poucette s'astreint à imiter mon silence, mon immobilité. Mais je sens, j'entends tous ses muscles trembler d'impatience et elle ne ferme les yeux que pour cacher le feu guetteur de son regard. Je ne me tiens pas de lui crier, agacée :

— Dors ! ou prends un livre ! ou brode au point de croix !

Mais rien ne l'intéresse — que moi. Elle me regarde vivre, elle m'écoute penser, elle me juge — elle me gêne.

Il lui arrive de jouer avec un chien, de l'affoler par une rapidité, une brutalité qui lui assurent presque toujours la victoire, mais c'est pour revenir vers moi et me dire :

— Hein ? Tu as vu comme je l'ai arrangé, ce... chien !

Elle chasse le moineau, le canard sauvage, le crabe, le lapin et la courtilière — mais c'est pour parader devant moi, trempée d'eau, engluée de vase, et se pavaner orgueilleusement, un crabe tourteau pendu à sa lèvre, sans crier, avec le sourire !

Que craint-elle ? Ni moi, ni vous, ni le feu du ciel, ni la cravache, ni le fouet. Elle est tout orgueil, bravoure aveugle, jalousie, amour caché. Elle m'interroge avidement, quand je rentre :

— D'où te vient cette odeur que je ne connais pas ? Tu es seule, bien seule ? Tu ne ramènes pas une bête nouvelle, qui s'installera dans notre maison ? Avec toi, sait-on jamais ?... Surtout tu ne rapportes pas un chien, un petit chien caché dans ton manchon, dans ce paquet, dans ce sac ? un petit chien qui vivrait sur tes genoux et que tu embrasserais ? Gare ! regarde mes dents !...

Je marmotte tout bas les mots de « crampon » et de « sale caractère ». Et puis je hausse les épaules et je caresse la dure tête ronde, toute chaude, qui se glisse sous ma main, et je la plains, et je la console. Je la console de m'aimer, et d'avoir, en m'aimant, perdu le repos...

# AUTOMNE

Sur le balcon de bois, parmi la glycine défaite et les fleurs aplaties d'une sauge rouge, emportées par la bourrasque de cette nuit, ils gisaient, ce matin, comme les pétales d'un pavot effeuillé, les deux papillons verts et roses. Ils vivaient encore un peu quand je les touchai, un petit spasme repliait leurs pattes fragiles contre la fourrure précieuse de leur thorax. L'un mourut très vite, l'autre prolongea quelques minutes la vibration de ses antennes plumeuses, son tremblotement de fleur électrisée...

Je les laisse là, sur le balcon de planches. Dès que je tournerai le dos, les passereaux viendront, et je ne trouverai plus que huit ailes prestement tranchées... Ils ont dû lutter contre le soudain automne, les frileux bombyx peints de croissants rosés ; combien de fois ont-ils cherché, collés à la cheminée tiède qui grimpe le long de ma maison, un abri contre l'aube funeste d'octobre ?

Du haut du balcon, je vois rétrécir, chaque jour, tous les jardins de ce coin de Passy paisible et menacé. Le mien perd son toit de feuilles, et que reste-t-il du triple arceau de rosiers ? Un fer rouillé, maigrement noué de tiges nues... Et ce que je nommais le « parc du voisin », où l'on entendait rire et courir des enfants invisibles, n'était-ce que cet enclos carré, ce massif d'arbres borné de murs hauts et tristes ?

La vie aimable et provinciale qui s'épanouit ici l'été abandonne les jardins et se resserre, comme intimidée, derrière les fenêtres closes. En dépit du soleil revenu, il n'y aura plus, renversées au dossier des fauteuils de paille, les jeunes filles dont je devinais, entre les branches, les corsages clairs et les cheveux brillants.

Je les écoutais vivre, toutes proches, derrière un rideau de feuilles. J'entendais tinter, sur une table de fer, les ciseaux à broder, et le dé rouler sur le sable, et les pages froissées du magazine... Un bruit gai de cuillers et de tasses me disait qu'il était cinq heures, et je bâillais d'appétit... Il ne reste, autour de moi, que la desserte d'un long été : un hamac vide oscille au vent, la grenouille d'un jeu de tonneau happe la pluie. Sous les arbres dépenaillés tournent des allées sans mystère, et les murs dévêtus découvrent les limites de nos paradis chichement mesurés.

J'ai peur de savoir, à présent, que la jeune fille en rose, la svelte jardinière qui taillait les rosiers de l'autre côté de la charmille, est laide... Je voudrais douter, jusqu'aux verdures prochaines, si le couple uni, dont j'entendais la promenade lente, deux fois le jour, est jeune ou vieux...

Les trois enfants qui chantent sur les marches d'un perron, chez la dame en deuil, se taisent brusquement si je les regarde. Je les gêne. Ils n'ignoraient pourtant pas, cet été, que j'étais ici ; mais je ne savais pas lequel criait « Merci » quand je rejetais, à travers la haie d'acacias taillés, une balle égarée... Je les gêne, à présent, et ils m'embarrassent — je ne vais plus oser, couverte d'un kimono et les cheveux encore humides, traverser le jardin...

La maison, le feu, la lampe, — un bouquet de dahlias couleur de sang noir — les livres, — les coussins, — les courts après-midi, le soir vite venu qui bleuit la baie vitrée, — allons ! il faut s'enfermer. Déjà, sur la crête des murs, sur l'ardoise encore tiède des toits, paraissent, queue en panache, oreilles circonspectes, la patte précautionneuse et l'œil arrogant, les nouveaux maîtres de nos jardins — les chats.

Un long matou noir garde à toute heure le toit du chenil vide, et la nuit douce, bleue d'un brouillard immobile qui sent la fumée de bois vert et le potager, se peuple de petits fantômes veloutés. Des griffes cardent l'écorce, une voix féline, basse, rauque, commence une plainte saisissante et ne l'achève pas...

Le chat persan, jeté comme une écharpe de marabout sur le bord de ma fenêtre, s'étire et chante, en l'honneur de sa femelle qui somnole en bas, devant la cuisine. Il chante à la cantonade, à mi-voix, et semble s'éveiller d'un sommeil de six mois. Il hume le vent à petits coups de nez, la tête en arrière, et le jour n'est pas loin où ma maison va perdre sa parure, ses deux hôtes fidèles et magnifiques, mes angoras argentés comme la feuille de la sauge velue et du tremble gris, comme la toile d'araignée sous la rosée, comme la fleur naissante du saule...

Déjà ils refusent de manger à la même assiette. En attendant le périodique, l'inévitable délire, ils paradent l'un pour l'autre, comme pour le seul plaisir de se rendre l'un à l'autre méconnaissables.

Le mâle déguise sa force, marche les reins bas, la frange floconneuse de ses flancs balaye la terre. La chatte feint de l'oublier et ne lui accorde plus, au jardin, la faveur d'un regard. Dans la maison, elle devient protocolaire, intolérante, grimace haineusement s'il hésite à lui céder le pas sur l'escalier. S'il s'installe sur le coussin qu'elle convoite, elle éclate comme une châtaigne jetée au feu et le griffe au visage, en vraie petite femelle lâche, visant les yeux et le tendre velours du nez.

Le mâle subit les dures règles du jeu et purge sa peine, dont le temps est secrètement fixé. Écorché, humilié, il attend. Il faut quelques jours encore, il faut que le soleil descende un peu vers l'horizon, que l'acacia se décide à jeter, pièce à pièce, l'or voltigeant de ses monnaies ovales, — il faut quelques nuits sèches, une bise d'est qui effraye les dernières feuilles digitées des marronniers...

Sous une froide faucille de lune, ils partiront tous deux, non plus couple fraternel, compagnons de sommeil et de jeu, mais ennemis passionnés que l'amour déguise... Lui, chargé de ruse neuve, de coquetterie sanguinaire ; elle, menteuse, pleine de cris tragiques, prête à la fuite autant qu'aux sournoises représailles... Il suffira qu'une heure, mystérieusement marquée, sonne, pour qu'ils puissent, amants anciens, amis lassés, goûter l'ivresse d'être, l'un pour l'autre, l'Inconnu et l'Inconnue...

# LE NATURALISTE ET LA CHATTE

— Celui-là... oh ! celui-là, oui, le grand fauve et brun, glacé de bleu... Combien coûte-t-il ? Je voudrais l'acheter.

— Vous pouvez... vous pouvez.

C'est à peine un consentement. Le marchand naturaliste ne m'encourage pas. Au contraire. Il hoche sa tête grise et ses yeux, d'un bleu jeune, se détournent, d'un air de dire : « Ça ne me regarde pas. L'ère des prodigalités est ouverte, je m'en lave les mains... »

— Il est si beau ! Dites, monsieur, il est cher ?

L'honnête figure s'assombrit, la réponse vient lentement :

— Oui... C'est un papillon qui est cher... qui est cher.

— Mais combien ?

— Il est cher... il faudrait que je vous le fasse payer... heu... oui, je le dirai ! Heu... cinq francs cinquante.

Cinq francs cinquante... Pour cinq francs cinquante, j'aurai ce papillon, cette fleur épanouie, aux quatre pétales de velours où fuit et tremble une lueur qui s'évanouit si on la veut fixer, et se rallume inattendue au coin d'une aile... Que peut-on acheter d'aussi beau pour cinq francs cinquante ?...

Le naturaliste ne s'occupe plus de moi. Il a repris sa place au flanc de la longue table et se penche sur une besogne précise, chirurgicale, qui met en jeu des pinces menues, des cotons aseptisés, des épingles à pleines jattes, des pinceaux effilés. Une catastrophe aérienne semble avoir précipité autour de lui, en débris précieux, les ailes arrachées, les élytres fendues, les pattes en cheveux pliés. Tout cela, qui volait de l'autre côté de la terre, gît maintenant en haut d'une noire maison de la rive gauche, chez un homme lent et doux qui dédaigne Paris et l'ignore. L'odeur, un peu funèbre, de camphre et de chlore, s'accorde au silence qui règne ici. Des dépouilles de skunks et de loutre fleurent aussi le bois brûlé, le musc et l'huile de poisson. Une branche d'arbre, fixée au mur, supporte l'élan d'un petit polatouche empaillé. Le même geste tout-puissant, on dirait, vient de suspendre à jamais, dans la posture de leur activité, l'existence de mille créatures nées pour le saut, la course, le vol.

Une lettre est là sur la table, bleuâtre et frangée comme une aile défaite ; elle vient aussi de l'autre côté de la terre, elle a cheminé pendant quarante jours : « La saison est finie, écrit un chasseur de lépidoptères, et voyez ce que j'en rapporterai : soixante papillons en tout, et songez qu'il s'écoulera peut-être plusieurs décades avant qu'un exemplaire de cette espèce parvienne en France... »

Les soleils meurtriers, la fièvre, le marais qui plaît aux fleurs lourdes, aux papillons ivres et aux insectes de métal, la savane chaude où le serpent faufile l'herbe, rien n'a donc épouvanté l'homme lancé à la poursuite d'un papillon, d'un scarabée pareil à un biscaïen de nickel ou à une goutte d'or fondu...

Secs et légers entre deux papiers minces, ventres vidés et ridés, ils passent les mers et viennent dormir chez mon ami le naturaliste. Un lit de sable mouillé, un papier buvard humide leur rend, en quelques jours, assez de souplesse pour que la main du préparateur pare et ordonne leurs cadavres contractés. Les papillons retrouvent leur coiffure d'antennes sataniques, leur corselet de danseuses, et cet air impatient, soulevé d'attente, qu'on voit aux papillons morts et grands ouverts...

Un scarabée, aussi gros qu'une alouette, étale sur la planche de bois tendre son abdomen défoncé, qu'on bourre de coton comme une poupée de deux sous ; je sens de loin son odeur de hanneton corrompu... Plus loin, un « Morpho Sulkowsky » purge dans la benzine sa nacre splendide, mais malade, qui « tourne au gras »... Un papillon feuille morte, plus « feuille » encore d'être trépassé, imite sur ses ailes closes les nervures et les taches moisies d'une feuille d'automne. Le « Memnon » que je viens d'acheter me regarde de ses faux yeux de hibou, peints sur l'envers de ses ailes. Silence...

— Rrrrrr...

Une bête tiède, bien vivante celle-là, frôle ma jupe et saute sur la table, d'un bond muet et si précis qu'il n'a pas dérangé les attelles de papier sur le gros scarabée, ni éparpillé un monceau scintillant de cantharides...

— Ah ! la voilà ! Elle est éveillée !

*Elle*... l'accent de ce mot, dans la bouche du naturaliste, raconte assez qu'*Elle* est la démone révérée de ce logis. C'est une chatte du Siam, petite et parfaite, couleur de tourterelle, sauf le masque, les mitaines et les oreilles, qui sont d'un poil ras presque noir.

Elle vint en France, il y a deux ans, sur le bateau qui apportait les papillons rares, les coléoptères sans prix, et deux années ne l'ont pas encore apprivoisée, au sens avilissant que nous donnons à ce mot.

La longue table est son empire, mais moins que le cœur de son maître, son maître déférent qui dit *Elle* avec crainte et conte, à mi-voix, les caprices de cette princesse siamoise :

— *Elle* a encore mangé une serviette, madame. C'est la faute d'un client qui est venu aujourd'hui. Il ne la connaissait pas, il a voulu lui faire « guiliguili » sous le cou, comme ça. *Elle* l'a mordu, et j'ai été forcé de la corriger. Alors *Elle* s'est retirée dans le cabinet de toilette et *Elle* a mangé, de colère, la moitié d'une serviette.

*Elle* l'écoute, avec un demi-sourire au fond des yeux impénétrables, bleus comme la flamme qui court sur le velours brun du « Memnon ». Puis elle s'en va, comme par défi, s'étendre et lécher son ventre ombré, entre une planchette-étaloir piquée de papillons fragiles et des boîtes vitrées. Le naturaliste la regarde faire avec orgueil.

— *Elle* n'a pas cassé un papillon en deux ans, me confie-t-il. Elle ne vole pas, elle ne ment jamais. Mais elle ne veut pas de collier et elle ne tolère pas qu'on la caresse.

J'étends la main, tentée... Le pelage de la chatte se moire immédiatement, et les yeux pâles, où brûle la candeur terrible du fauve insoumis, m'avertissent... J'insiste : le sang rougit le beau regard pur, une sorte d'ivresse le trouble, et la griffe blanche et la dent marquent ensemble ma main hardie... La petite déesse trop vivante de cette nécropole exotique se tient devant nous, droite sur un tapis profond en peau de loutre, et accepte le duel ou le châtiment...

— Qu'elle est jolie ! et qu'elle est brave !...

— Chut ! ne riez pas, ne riez pas d'*Elle !* chuchote son esclave.

— Pourquoi ?

— Parce que... *Elle* sait très bien ce que c'est que la moquerie, figurez-vous. Et alors, quand vous serez partie... quand nous serons tout seuls, *Elle* et moi... *Elle* va me battre.

# JARDIN ZOOLOGIQUE

(Anvers, printemps 1914.)

La condition des bêtes sauvages encagées, si l'on s'y arrête, est un tourment pour l'esprit. On peut pourtant, au jardin zoologique d'Anvers, oublier parfois de se dire : « Comme elles sont captives ! » pour s'écrier : « Qu'elles sont belles ! » Il y a là un couple de tigres dont la fraîche robe brille comme sous la rosée de la jungle, rouge, blanc de neige, peinte d'un noir profond et sans bavures. Une lame raide de poils élargit leurs joues musclées, et pas un brin ne manque à la rude aigrette des moustaches et des sourcils.

Ni tristes, ni résignés, ni irrités, ils subissent une perpétuelle insulte : le regard de l'homme ; mais leur vengeance est d'oublier l'homme. En deux heures de temps, leur regard à eux n'est descendu que sur une seule tête : celle du gardien qui les nourrit. Pour l'homme, ils n'ont qu'un visage sans pensée, un œil froid et mi-fermé. La fureur magnifique qui l'allume va droit, par-dessus nous, au puma qui miaule, en face ; l'un des deux tigres, le mâle gigantesque, jaillit du sol et se colle, vertical, à la grille qu'il embrasse ; un cri bref, enflammé, traverse la salle — puis la bête se souvient de la grille et de l'homme, s'éteint brusquement, retombe et se couche.

Le mâle est un peu amoureux de sa femelle, mais les temps ne sont pas venus ; elle le laisse à peine, amicale et froide, lécher ses rondes oreilles et son échine sensible.

D'un tressaillement, d'un froncement de sourcils, humain et distingué, elle interrompt la caresse et elle gronde très bas, très bas, comme un orage lointain. Le mâle s'écarte, simule une déférence exagérée, baisse son front rayé et se met à attendre que le signe — un singulier sourire de tigresse, austère, assez méprisant — autorise son approche fraternelle.

Un peu plus tard, les reins longs des deux bêtes s'étirent, les larges pattes se mêlent, par jeu innocent de jeunes chats, et l'on oublierait la prison, la misère de ces êtres puissants et condamnés, s'il n'y avait pas, à chaque instant — et pire que leur va-et-vient maladif d'une paroi à l'autre — cette habitude désolée de lever la tête vers le ciel, cet appel à la lumière, au vent libre, cette prière de la bête qui croit, jusqu'à la mort, à la délivrance...

La panthère noire, plus petite, agitée, consent à nous apercevoir et à nous maudire. Si je lui dis « Khh ! » elle répond : « Khh ! » et gifle injustement son époux ; elle bondit et jure soudain, parce qu'elle a regardé la cage des pumas, et renâcle contre son gardien, qu'elle accuse de retarder l'heure du repas, — elle est toute fiévreuse, affamée de tout ce qui lui manque, et l'on fait ce rêve simple d'ouvrir, un soir, la porte de sa cage, et de lui dire : « Là..., là..., pauvre démone, voici une nuit claire pour vous, et de l'herbe humide où gambader terriblement, et un mouton tué, que les hommes devaient manger demain, et quelques sottes poules, pauvre démone, pour que vous sachiez enfin ce que c'est que la douceur, le ronron repu, la quiétude... »

La quiétude... C'est le bien de ceux qui ont à jamais choisi une part de leur destin, et rejeté l'autre. Aucune créature, ici, ne semble avoir abdiqué, malgré la viande quotidienne, l'eau pure, la sciure et le sable des cages bien lavées... Une lionne pourtant, renversée, offre ses pattes molles et ses yeux sans secret au gardien qui flatte sa gorge blonde...

Trois léopards, nés au jardin, vêtus d'un velours à mille taches, et gais, roulent un ballon de football, et une petite

léoparde bébé vient, confiante, au claquement des doigts...
Ceux-là n'ont pas de souvenirs inguérissables. Mais quel
secours y a-t-il pour la peine du petit renard bleu, sans
cesse pleurant et gémissant, ou du blaireau argenté, ou
pour la mélancolie de la tendre hyène tachetée, qui mendie
les caresses ?

À cinq heures, un chariot de viande rouge roule contre
les cages, et la voix des fauves couvre tous les bruits.
L'odeur du sang leur remémore des jeux de guerre et des
danses sacrées ; l'un des trois léopards secoue sa côte de
bœuf comme une pantoufle, et la panthère noire
« corrige » son faux filet comme si ce fût une progéniture
ingrate. Mais la tigresse se plaint de n'avoir pas faim, et
dit « meuh », tout bas, à petite gueule ennuyée. Et le lion
à la lourde chevelure noire, couché sur sa proie, carde délicatement la chair crue, sans la mordre, à lents coups de sa
langue râpeuse...

Il n'y a plus, dans la vaste salle, que le son
— craquements d'os, dents qui mâchent, clappements de
langues et de babines, — d'un énorme repas. Tout à
l'heure, ce sera la nuit, le prompt sommeil des bêtes, fré-
missant de songes, et puis le réveil, — le réveil dans la
cage. Le lendemain, ce sera encore le réveil dans la cage.
Et celles-ci sont les plus heureuses des bêtes prisonnières.
Bon souper, bon gîte, mais... la cage. L'homme aussi ?
D'accord. Je veux bien m'apitoyer aussi sur l'homme.
Mais l'homme est une petite bête que le désert de la liberté
éblouit et tue. Et puis, l'homme c'est mon semblable, mon
égal, tandis que ceux-ci... Je ne puis pas ne pas me
demander : « N'y avait-il rien d'autre à en faire que de les
tenir captives, cette force, cette beauté, l'intelligence qui
brûle dans ces yeux calmes ? L'inimitié du fauve n'est-
elle pas non seulement une invention, mais une œuvre de
l'homme ? Le petit homme, rusé mais fantasque, mais
d'instinct peu sûr, a contracté amitié, — amitié
intéressée — avec le buffle et le bœuf épais, l'éléphant,
avec le chien sauvage, le loup et même le porc dévora-

teur... Mieux encore : le serval au crâne plat et l'oiseau de
proie chassent, rabattent pour le compte de l'homme ! Je
fais ce rêve, malgré que j'aie tenu en face de moi, dans
une chambre, une petite once tachetée qui mordait la cravache sans colère, simplement pour me dire : « Pourquoi
plierais-je, et non toi ? » — je fais ce rêve : être le premier
sauvage subtil qui trouverait, brisant la cage et la chaîne,
l'autre moyen, le vrai moyen de traiter avec ces beaux
princes sanguinaires...

# RICOTTE

— Un rat ! un rat ! se sont écriées les chattes, en bondissant dans l'air, hérissées, comme de rapides et terribles oiseaux.

Mais ce n'était pas un rat. Ce n'était qu'un écureuil femelle du Brésil, une petite écureuille qui leur montra tout de suite ses griffes tranchantes, et deux incisives à couper le verre.

— Évidemment, dit la mère Chatte, ce n'est pas un rat... Je demande à réfléchir.

— Je demande aussi à réfléchir, répéta docilement la fille Chatte, toute pareille à sa mère, et qui n'a pas inventé le piège à souris.

Pendant ce temps-là, l'écureuille buvait le lait de la bienvenue, en tenant le bord de la tasse à deux mains. Puis elle s'essuya le museau sur le velours du fauteuil, se peigna des dix doigts comme un poète romantique, se gratta l'oreille, disposa sur son dos sa queue en point d'interrogation, et s'ouvrit des noisettes.

La chienne vint à son tour, dégoûtée, flairer la nouvelle bête, mais l'écureuille jeta sur elle une toux de mécontentement, des « heu ! heu ! » de professeur difficile, et la chienne, faute d'avoir mûri un plan de conduite, s'en alla. La nouvelle bête resta seule devant nous, et commença de se conduire suivant le code de la véritable bête sauvage, qui, mise en contact soudain avec le Deux-Pattes bienveillant, lui manifeste à peu près ceci : « Tu n'es pas mon ennemi ? Alors tu es mon ami. Prends, en une fois, ma confiance, qui ne saurait progresser. » Aussi bondit-elle sur mon épaule et me donna-t-elle à garder, bien enfoncée entre ma nuque et le col de ma blouse, sa plus grosse noisette, recouverte d'une mèche de mes cheveux cardés.

Le lendemain, je coupai la chaîne qui la retenait. Une chaîne, las ! à cet esprit follet, à cette flammèche voletante ! Une chaîne, à cette exilée, venue sur la mer dans une cage, et qui m'adoptait comme une patrie ! Elle sentit, n'osant y croire, la rupture du lien, et demeura un instant assise en kangourou, palpitante, ses deux mains antérieures serrées contre sa poitrine, comme sous un excès d'émotion. Puis elle risqua un petit bond incrédule, presque gauche... Un autre bond plus long, qui la déposa, légère comme une graine de chardon, sur le bord de la fenêtre ouverte... Mais elle fit un troisième bond, plus assuré que les deux premiers, et celui-là la ramena sur mon épaule. Elle y vola, traçant dans l'air l'arc mystérieux, le pont idéal qui franchit l'abîme, de l'âme des bêtes à la nôtre.

Elle est là, devant moi. La minute d'avant, elle était ailleurs, et la minute d'après, où sera-t-elle ? Il y a si peu de jours que je la connais, que je ne me souviens pas bien, chaque matin, de sa forme ni de ses couleurs, et qu'elle m'étonne à chaque réveil. Une « raie de mulet », noire, marque en long son dos ; les flancs, vêtus d'un poil ras et suave, tournent au vert bronze, pour la plus grande gloire d'un ventre roux ardent, et d'un panache de queue assorti, panache rutilant en brins fins et plats dont on dit d'abord : « Pourquoi Ricotte s'est-elle mis une plume d'autruche au derrière ? »

Elle a des yeux... disons des yeux d'écureuil, et cela suffit à faire connaître qu'ils sont beaux, bien fendus, vifs ; des oreilles rondes de souris, proprement achevées au bord par un petit surjet en relief. Quatre mains de ouistiti, quel luxe, alors qu'une seule suffirait aux dévastations les plus subtiles !

La voici qui traverse la table, sautant sur ses pattes de

derrière, car celles de devant serrent précieusement un énorme flocon de coton hydrophile, volé. Ricotte s'offre un mobilier nouveau presque tous les jours. Une pelote de ficelle redevient, par ses soins, chevelure de chanvre, et le cordon du téléphone chevelure de soie. Au centre d'une grosse pelote de laine, Ricotte dort, se lave, taille des amandes et laisse tomber sur les événements actuels des « heu ! heu ! » de blâme...

Elle revient, les pattes vides, et s'assied pour me faire compagnie. Seulement, comme elle me regarde, je ne peux pas m'empêcher de rire, à quoi elle répond par une gaieté d'écureuil, c'est-à-dire une cabriole électrique, si rapide qu'on doute, après, de l'avoir vue...

Le sucrier plein la désolait, hier, parce qu'elle désespérait de trouver dans la chambre une cachette pour chaque morceau de sucre. Ce matin, elle est consolée : ayant remis à leur place, un à un, les morceaux volés, elle monte la garde à côté du sucrier. Je trouve des amandes dans mes bottines, et des fragments de biscuits insinués, comme des sachets, entre mes chemises. Il y a des bouts de bougie dans ma boîte à poudre, et... tiens, qu'est-ce qui craque donc sous le tapis ? Des pastilles au chlorate de potasse ! Ricotte soigne sa gorge. Et ne nous étonnons pas si les cambrioleurs entrent chez nous la nuit : Ricotte a comblé avec des noix les logettes de tous les verrous.

# LES COULEUVRES

Ce sont deux pauvres sauvagesses, arrachées, il y a quatre jours, à leur rive d'étang, à leurs joncs frais, au tertre chaud, craquelé sous le soleil, dont elles imitent les couleurs fauves et grises... Elles ont fait un voyage maudit, avec deux cents de leurs pareilles, étouffées dans une caisse, mêlées, bruissantes, et le marchand qui me choisit celles-ci brassait ce vivant écheveau, ces cordages vernissés, démêlait d'un doigt actif les lacets minces, les fouets robustes, les ventres clairs et les dos jaspés...

— Ça, c'est un mâle... Et ça c'est une grosse femelle... Elles s'ennuieront moins, si vous les prenez toutes les deux...

Je ne saurais dire si c'est d'ennui qu'elles s'étirent, contre les vitres de leur cage. Les premières heures, je faillis les lâcher dans le jardin, tant elles battaient de peur les parois de leur prison. L'une frappait sans relâche, de son dur petit nez, le même joint de vitres ; l'autre s'élevait d'un jet jusqu'au toit grillagé, retombait molle comme une verge d'étain en train de fondre, et recommençait... Leur offrir, à toutes deux, la liberté, le jardin, le gazon, les trous du mur... Mais les chattes veillaient, gaies et féroces, prêtes à griffer les écailles vulnérables, à crever les vifs yeux d'or...

J'ai gardé les couleuvres, et je plains en elles, encore une fois, la sagesse misérable des bêtes sauvages, qui se résignent à la captivité, mais sans jamais perdre l'espoir de redevenir libres. La secrète horreur, l'horreur occidentale du reptile ressuscite en moi, si je me penche longtemps sur elles, et je sais que le spectacle de leur danse obstinée, le mot sans fin qu'elles écrivent contre la vitre, le mouvement mystérieux d'un corps qui progresse sans membres, qui se résorbe, se projette hors de soi, ce spectacle dispense la stupeur...

Mais le mauvais charme s'évanouit dès que je touche et saisis les couleuvres. Sèches, froides, suaves, elles désobéissent à la main et on a plaisir à jouer avec leur force. Le mâle, le plus mince, darde de tous côtés sa tête agile, à petite coiffe jaune et noire, la flamme subtile de sa langue. Il se tord, noue au bras son long corps au ventre niellé de bleu, d'argent, de blanc verdi, se déroule, palpe avec précaution, du menton et de la gorge, la tiédeur de la main, s'y arrête indécis, et je sens dans ma paume palpiter son froid petit cœur...

Dans l'autre main, je retiens la forte femelle autour de laquelle se rejoignent à peine mes doigts. Elle est irritée, fouette de la queue et de la tête, siffle comme un jars, et je ne sais comment apaiser cette colère inoffensive d'une bête qu'on a oublié d'armer... Un rayon piquant de soleil tombe sur mes genoux, juste à point pour que j'y couche, malgré elles, les couleuvres. Un long instant de lutte, de silence, de chaleur — l'immobilité, puis la détente — le vivant ressort révolté qui, tout à coup, cède — plaisir, espoir d'avoir, mieux que vaincu, séduit...

Elles sont là, sur mes genoux, immobiles et aux aguets. L'une se retient de la queue au bras du fauteuil, laisse pendre sa tête le long de ma jupe, et tâte l'air et l'étoffe des bouts de sa vibrante langue. L'autre, roulée en corde molle, souffre à présent que ma main la soulève, la guide comme le cordonnet d'une passementerie ; mais elle tressaille et se bande, au moindre mouvement de la chienne couchée à quelques pas. N'importe, c'est entre nous la première trêve, l'heure ambiguë et calme où nous pouvons, les couleuvres et moi, escompter celles qui suivront : il me semble déjà qu'elles s'humanisent, et elles croient que je m'apprivoise.

# L'HOMME AUX POISSONS

Le petit homme attendait la fin de la pluie, et moi la fin de la panne, dans le petit café de X.-sur-X. De temps en temps, l'un de nous deux soulevait le rideau et découvrait un coin de la rue villageoise en pente, des pavés en tête de chat, bleus de pluie, un jardinet tendre et vert, fouetté par l'averse, un ruisseau qui charriait des fleurs de lilas... Et nous soupirions ensemble. À la fin, il me dit :

— Riche temps pour une matinée. Les Fol'-Berg' de Paris font au moins sept mille, un dimanche comme ça.

Étonnée, je regardai le petit homme, en m'avisant qu'il n'avait rien de rural et qu'une valise fatiguée s'étayait au pied de sa chaise. Il souriait, d'une laide bouche étrange, violacée et détendue, et toute sa figure souriante était, des yeux injectés aux lèvres tuméfiées, celle d'un homme qui vient de sangloter violemment. Il continua, heureux de parler, d'entendre sa voix grasse, facile et râpée de bonisseur :

— J'attends mon train de 5 heures et demie, qui me met à Z... à 7 heures. Oh ! ce n'est pas que mon bagage craigne l'eau...

Il eut un coup d'œil sur sa valise, se pencha de l'autre côté sur un colis invisible qu'il ramassa et posa sur la table : un seau de verre où tournaient trois poissons rouges.

— Ça, c'est *mes* poissons, déclara-t-il.

Napoléon eût dit avec moins d'emphase : « Mes

soldats ! » Et je commençai à penser soudain qu'il n'y a pas de fous inoffensifs.

Le petit homme se tut quelques instants, comme s'il jouissait de mon malaise, avant de s'expliquer :

— *Mes* poissons, madame ! Et quand je dis qu'ils sont à moi, il ne peut pas y en avoir de plus *à moi*. Ils me connaissent, par-dedans comme par-dehors, ils savent comment je suis fait, pour cette bonne raison que je les avale une moyenne de deux fois par jour.

— Vous les... quoi ?

— Je les avale, madame. Oh ! soyez sans inquiétude, je les rends !... Je suis artiste, ajouta-t-il plus bas, sur le ton modeste et vaincu d'un grand homme qui renonce à l'incognito. J'avale mes trois poissons et je les rends vivants, après les avoir conservés une demi-heure dans mon estomac. Il leur faut deux litres d'eau, que j'avale en même temps, pour leur satisfaction. Je pourrais même les conserver plus longtemps, mais le public s'impatienterait, et puis le poisson rouge n'aime pas l'obscurité. Tel que vous me voyez, je m'en vais de ville en ville avec mes poissons, mes mêmes poissons depuis trois ans, madame.

« Autrefois, je faisais des engagements dans les music-halls. J'ai passé à Lyon, à Bordeaux, partout. Et puis je me suis fatigué de penser que les managers gagnaient des fortunes sur mon dos — pensez, un numéro unique au monde ! — et je me suis mis à mon compte. Je vois du pays, en petit touriste, sans me presser. Ma valise d'une main, mes poissons de l'autre. J'arrive dans une ville, je m'informe du café le mieux fréquenté. Deux affiches contre les vitres, un roulement de tambour au besoin, et j'opère. J'avale mes deux litres d'eau et houp !... mes trois poissons comme vous goberiez trois fraises. Pendant une demi-heure, j'occupe le public avec un peu de prestidigitation, des tours de cartes, et à l'heure fixée, bloup !... voilà mes poissons ressortis comme ils étaient entrés ! Après quoi je fais la quête autour de l'assistance, et je vous

garantis qu'un billet de quinze francs ou même un louis
est vite ramassé. Hein ?... vous en êtes comme les autres,
vous en restez assise ?

— J'avoue que...

Et je regardais tour à tour, sans trouver de paroles, les
trois poissons tournoyants, la bouche violacée aux lèvres
molles, puis les poissons, puis la bouche...

— Et je vais encore vous en dire une plus forte ! continua l'« artiste ».

— Mais.. je ne voudrais pas vous retarder... votre train...

— J'ai le temps, j'ai le temps ! La gare est à deux pas,
et voilà le soleil. Une plus forte que tout : mon estomac,
vous m'entendez bien, *mon* estomac, eh bien, il est acheté,
après ma mort, par la Faculté de médecine ! À preuve...

Il ouvrit son pardessus, atteignit un portefeuille vert,
orné d'un trèfle en faux rubis.

— Tenez, voilà la carte, regardez les timbres, l'en-tête,
et tout. Cette carte-là, je la fais passer dans l'assistance
après mon exercice, moyennant deux sous ; mais nous
sommes ici entre voyageurs... Mon cas est une poche stomacale, reprit le petit homme sur son ton de bonisseur, une
poche stomacale dont la présence fut révélée par la
radiographie ; j'ai trente-deux ans, je jouis d'une bonne
santé, je peux manger toutes choses réputées lourdes et
même du ragoût, à cette seule condition de ne faire qu'un
repas par jour.

— Ah ! vous ne faites qu'un...

— Un seul ! Dame, chuchota l'artiste en inclinant vers
moi un insoutenable sourire, vous concevez, si je ne...

— Oui, oui, m'écriai-je, j'ai compris. N'ajoutez rien,
n'ajoutez rien !...

Il éclata de rire, me salua rondement et s'en alla portant
d'une main sa valise, de l'autre le seau d'eau un peu trouble, et je demeurai seule dans le petit café, devant un verre
de bière où je m'obstinais à voir tournoyer trois poissons
rouges...

# LES CHATS-HUANTS

Ces sombres journées leur appartiennent. Dans le brouillard immobile qui pleure aux arbres, ils se branchent et chantent. Ils échangent, hulottes et chevêches, effraies et grands-ducs, des rires tremblés, des sanglots, des sifflements doux, et aussi ces cris poignants qu'entendaient seules les nuits. La petite chevêche mêle sa couleur à celle des feuilles des chênes et montre au demi-jour son charmant visage d'oiseau-chat ; le grand-duc s'échappe, avant l'heure, d'une tour et plane un instant, immense, roux comme l'épervier — mais la nuit tôt venue déchaîne et cache leur ronde. On ne les voit plus, on devine, à un ricanement léger, à de faibles appels obstinés, leur nombre et leur vigilance autour de ces vieux murs. Jamais un frôlement d'ailes, jamais un froissement de plumes, leur vol d'esprits évite la branche, le pan de muraille et le croisillon de la lucarne...

Quand le bord du ciel noir se soulève et découvre le rouge sombre d'une aube d'hiver, vite étouffée sous la brume, ils rentrent. L'un d'eux — est-ce toujours le même ? — jette, comme pour m'avertir, un cri déchirant de coq nocturne, une clameur qui ressemble à un ordre ironique :

« — Éveillez-vous tous, je vais dormir ! » J'obéis, et parfois je me penche à ma fenêtre pour voir le retour des chats-huants.

...Cinquante pieds de brumes au-dessus de moi, un peu plus blanche que la nuit d'en haut et que les chênes où le vent naissant suscite un bruit de palmes sèches. Cinquante pieds de brume où passe et repasse l'élan indistinct de bêtes véloces, un tournoiement aisé de poissons dans l'onde. Mes yeux s'accoutument, et le ciel pâlit : le roux et le blanc, le jaune et le gris se peignent peu à peu sur les grandes ailes ouvertes et nageantes plus bas que moi, sur les dos tavelés et l'éventail des queues. Une aile passe si près de moi qu'elle secoue contre ma tempe l'humidité fine du matin et l'odeur des feuilles confites...

Ils accourent, ils tournoient, ils montent. Le ciel, d'un bleu de neige, est rayé d'oiseaux muets. L'auvent d'un toit pointu, une meurtrière mince, les avalent un à un, au passage. À l'heure où les chiens de troupeaux aboient en bas, invisibles au fond de la brume, il ne reste plus qu'une chouette, une « dame-blanche », assise au bord d'un grenier ; elle bat des paupières, se rengorge et gonfle coquettement le mince liseré marron qui serre, autour de ses joues nettes, son petit béguin Marie Stuart.

# LA PETITE TRUIE DE M. ROUZADE

— Cave... cave... Allons, cave !

Elle ne se fait pas prier ; elle donne du groin en avant et elle « cave », puisque c'est son métier. Elle est dodue, très près de terre sur ses courtes jambes, d'aplomb sur ses tout petits pieds. Elle porte collier et laisse, comme un limier, et s'en va, rose sous ses soies clairsemées, toute nue dans la rosée glaciale.

— Cave..., allons, cave...

Des chênes malingres, quelques genévriers, des églantiers tors, — une terre sombre et sanguine, où court un réseau géométrique de murs bas, en pierres sèches, — cette pauvreté cache de l'or, cette terre attristée nourrit la truffe, la truffe capricieuse qui abonde ici, se refuse là ; — nous sommes à Martel, un des meilleurs « crus » limousins de la truffe. C'est pour nous que travaille aujourd'hui — encore qu'il soit un peu tôt et qu'il s'en faille, pour la récolte, d'une gelée ou deux — la petite truie de M. Rouzade.

Familière, jamais battue, elle a commencé à « caver ». Son groin humide, qu'elle guide en soc, soulève un feutre de mousse et d'herbes rousses, laboure la forte terre compacte...

— Elle y est ! La truffe y est !

Le groin intelligent se relève et quête la récompense, une poignée de maïs, et nous décollons, ganguée de terre, la truffe noire, grenue, froide, la surprenante chose qui pousse sans racines, se nourrit mystérieusement, et qui semble aussi étrangère au sol que le silex rond, son voisin.

— Allons, allons, cave !...

Mais il faut d'abord que la truie recueille jusqu'au dernier grain de maïs, et son maître patiente, en homme sage qui dépend de la bête avisée et qui respecte son caprice divinateur. Caprice, car la truie malicieuse essaye, souvent, d'abuser l'homme sans flair...

— Ah ! tu me trompes, tu me trompes, coquine !

La tranchée d'où émerge, cette fois-ci, le groin terreux, est vide, le bâton ferré y tâtonne sans blesser la peau croquante d'une truffe. Surprise en flagrant délit de mensonge, la petite truie éclate en bavardages compliqués, glapit et proteste en reprenant sa tâche... Tout à coup elle fonce en avant, traînant rudement son maître, elle écorche son dos sous des églantiers bas, fouit avec rage et découvre une merveille, une truffe grosse comme une pomme, sans ver et sans trou, digne d'être cuite et montrée seule, d'être mangée « pour elle-même ! » Le coin est bon, la petite truie travaille ; déployant une ardeur comique et bougonne, elle parle à demi-voix, s'interrompt, flaire le vent, repart... Elle montre un peu de la sensibilité hargneuse des grands artistes, il lui arrive de laisser sa besogne d'inspirée pour dire des choses abominables — appuyées de quel regard bleu, spirituel et vindicatif ! — à la chienne qui nous accompagne...

Nous l'escortons, dociles, les pieds trempés, les mains gelées. L'ardeur de la recherche, la joie de la trouvaille, nous rend indifférents à la bruine qui tombe en givre ; nous espérons, à chaque arrêt, la truffe fabuleuse, le monstre inégalé... On gagne vite, à ce fructueux et hasardeux métier de trouveur de pépites, l'âpreté du chercheur d'or. Nous apprenons comment on dégage la truffe sans la meurtrir, nous savons à présent que les fibrilles rouges, sur son écorce noire, révèlent sa maturité insuffisante ; nous excitons la petite truie de M. Rouzade :

— Cave, allons, cave !...

La bruine tourne en pluie et bleuit l'horizon pelé des

truffières ; aussi bien, le panier est plein et le punch nous attend près du poêle, dans la petite auberge du village. Il y fait bon se rôtir les jambes, en écoutant quatre paysans graves qui jouent le poker en patois limousin, tandis que, du panier tenu entre nos genoux, monte le précieux, l'apéritif et frais arôme de la truffe nouvelle, à peine arrachée à la rouge terre limousine...

# LES PAPILLONS

(Forêt de Crécy.)

Au bout de l'allée, vert tunnel, brille l'issue étincelante, la fin de la haute futaie. Ce n'est qu'une étoile bleue, puis, à mesure que nous avançons, une ogive couleur de mer, puis un portique ensoleillé, ouvert sur un bois-taillis, rasé l'an dernier, où des surgeons buissonnent, ombragés de rares chênes. Ici le soleil s'étale, l'air bourdonne de taons et de guêpes, la libellule grésille, déchirant le réseau de rayons que tisse le vol des moustiques et des minces mouches forestières.

Des bousiers noirs et bleus errent sous l'herbe roussie ; une vipère inquiétée se dérobe, — car on ne peut confondre ce fouet brutal, ce coup de queue court et vigoureux qui bat les feuilles, avec le bruissement de ruisseau furtif que fait la fuite soyeuse d'une couleuvre... Ce sol battu et chaud sent le serpent.

Autour des souches, des campanules mauves, des aigremoines jaunes ont jailli en fusées, et des chanvres roses au parfum d'amande amère. Le papillon « citron » y tournoie ; vert comme une feuille malade, vert comme un limon amer, il s'envole si je le suis, et surveille le moindre mouvement de mes mains. Les sylvains roux, couleur de sillon, se lèvent en nuage devant mes pas, et leurs lunules fauves semblent m'épier. Un grand mars farouche franchit le bois et fait resplendir, au soleil, hors de toute atteinte, l'azur et l'argent d'une belle nuit de lune...

Mais le radieux paon-de-jour, en velours cramoisi, frappé d'yeux bleuâtres, clouté de turquoises, plus frais que la plus fraîche fleur, attend, confiant, la main qui l'emprisonne. Je le cueille, plié en deux comme un billet, noir au dehors, flamme au dedans. J'entr'ouvre de force ses ailes de diablotin luxueux, j'admire, près de son corselet, la nacre d'un duvet long, mordoré, qui se soulève à mon souffle, les sombres pattes fragiles et tremblantes, les yeux moirés comme ceux d'une abeille... Puis je desserre mes doigts, et son vol nonchalant le ramène sur la même fleur où je puis le cueillir encore, car il butine, goulu, content, déjà rassuré, la trompe raidie et les ailes ouvertes, avec un doux battement voluptueux d'éventail.

# EXPOSITION CANINE

Où donc ai-je vu ces chiens-là. Ici, l'an dernier, à pareille époque. Je reconnais ce lévrier, incapable de commander à ses nerfs et dont la plainte a le charme d'un chant. J'ai déjà hoché la tête devant ce petit brabançon résigné, qui enferme tant de sagesse dans son cerveau en bille et dans ses yeux d'écureuil. Les bulls ronflent comme un dortoir de caserne, et le dobermann-pinscher fait tout ce qu'il peut pour imiter la distinction bien française des beaucerons. Ceux-ci, arrachés à leurs troupeaux par une vogue commençante, s'ennuient avec pudeur et croisent leurs beaux doigts secs et rouges de gentilshommes campagnards. Il y a aussi, sur des coussins, baignés des parfums combinés du crésyl, de l'iodoforme et de l'eau de Cologne, il y a du loulou, du pékinois, du griffon belge, du toy-terrier. Il y a aussi, en bonne quantité, et libre, de la dame qui aime bien les bêtes, qui n'a pas sa pareille pour enlever de terre un toy par une patte et la lui démettre et pour fourrer un doigt ganté dans l'œil d'un petit bull...

La semaine dernière, cet air criblé de cris menus retentissait de la voix des meutes. Des gorges profondes, expertes, clamaient longuement le regret des forêts ou des calmes siestes au chenil. Et c'est là que j'ai vu, vers l'heure de midi, un homme bien vêtu, soigneusement ganté, à genoux contre la grille d'un box où se pressaient de graves museaux, de lourdes oreilles mélancoliques, des fouets de queues vibrants. Je m'approchai de cet homme bien mis, si peu soucieux pourtant du pli de son pantalon, et j'entendis qu'il ne parlait pas à la meute, mais que, pitoyable, délicat et poète d'instinct, il consolait ces fiévreux prisonniers, exilés de la lande et du taillis, en imitant avec sa bouche : — Pou-pou-pou-pou, pou-pou, pou-pou... les sonneries des trompes de chasse dans le lointain...

# L'OURS ET LA VIEILLE DAME

(Printemps 1914.)

Midi et demi, l'heure des déjeuners parlementaires, dans un restaurant voisin de la Madeleine. À côté de nous déjeunent deux hommes de qui j'ignore les noms, mais il n'est pas difficile de prédire qu'à la fin de leur cigare, quand ils auront vidé leur tasse de café et leur verre de fine, ils passeront le pont pour aller s'enfermer en face, à la Chambre... Vêtus correctement, ils se tiennent mal, en gens qui ne connaissent d'autres repos que les repas ; ils s'accoudent, s'assoient de travers, jouent avec un couteau à dessert comme avec un coupe-papier, témoignent d'une indifférence absolue pour tout ce qui se passe autour d'eux — et ils parlent politique, à demi-voix, d'un air prudent et excédé, non sans que j'entende des mots cent fois imprimés cette semaine, cent fois dits et redits par toutes les bouches : « Combinaison Viviani... démarche auprès de Doumergue... Peytral... Ribot... Bourgeois... »

Ils s'échauffent, et je puis surprendre, malgré moi, le sens de l'entretien.

— Des procédés de discussion, vous appelez ça des procédés de discussion, vous êtes poli...

— Je tâche...

— *Ils* ne discutent pas, mon cher : chacun pose son ultimatum, et sur quel ton ! On voit là-dedans des gens étonnants, plus catégoriques les uns que les autres : celui-ci *n'admet pas*, celui-là ne *peut pas tolérer* ; questionner Untel, c'est l'offenser mortellement. Chose menace, on ne sait pas bien au nom de qui ou de quoi : à la moindre contradiction, il hurle, remplace les arguments par une danse de guerre et un frénétique « vocero ». Machin ne s'exprime que par sentences généralement excommunicatoires...

— Ce qu'il y a de plus beau, c'est que, si on s'informait d'un peu près, on découvrirait que Machin existe à peine, que Chose n'a aucune espèce de passé politique, ni même financier, que les soutes d'Un tel sont vides, et que son tonnerre est une feuille de tôle... Seulement, on ne s'informe pas, on tremble. C'est le règne des Péremptoires.

Un instant, les deux hommes se taisent, fatigués, et je retiens une indiscrète envie d'entrer dans leur conversation, pour leur raconter une très véridique histoire, que leurs dernières paroles viennent d'évoquer — l'histoire de l'ours et de la vieille dame polonaise.

Une vieille dame polonaise habitait, en Autriche — je vous parle là d'une cinquantaine d'années, — un domaine forestier, où l'on trouvait encore parmi des futaies très anciennes des loups et des ours. On y captura une ourse, un peu blessée, que la dame fit soigner et guérir chez elle, et qui s'apprivoisa le mieux du monde, au point de suivre comme une chienne et de coucher sur le tapis du salon.

Un jour que la vieille dame se rendait par un sentier de la forêt à une de ses métairies, elle s'aperçoit que Mâcha, son ourse familière, la suit.

— Non, Mâcha, lui dit-elle, vous ne viendrez pas à la ferme, retournez à la maison.

Refus de Mâcha, qui s'obstine, et que la dame polonaise reconduit elle-même pour l'enfermer sous bonne garde au salon.

Dans la forêt, elle entend de nouveau un trot sourd sur les aiguilles de sapin ; elle se retourne et voit accourir... Mâcha, Mâcha qui la rejoint rapidement et s'arrête court devant elle :

— Oh ! Mâcha ! s'écrie la vieille dame, je vous avais défendu de me suivre ! Je suis très fâchée contre vous ! Je vous ordonne de vous en aller à la maison ! Allez, allez-vous-en !

Et elle ponctue ce discours, pan ! pan ! de deux petits coups de son ombrelle sur le museau de Mâcha. Celle-ci regarde sa maîtresse d'un œil indécis, fait un bond de côté, et disparaît dans la forêt...

— J'ai eu tort, pense la vieille dame. Mâcha ne va plus vouloir rentrer du tout, elle est vexée. Elle va terroriser les moutons et le bétail... Je vais retourner à la maison et faire chercher Mâcha.

Elle rebrousse chemin, ouvre la porte du salon, et trouve... Mâcha, Mâcha qui n'avait pas bougé, Mâcha sans reproche qui somnolait sur le tapis ! La bête, dans le bois, c'était tout bonnement *un autre ours*, qui accourait pour manger la vieille dame, mais qui, gratifié de deux petits coups d'ombrelle et semoncé comme un simple caniche, s'était dit :

— Cette personne autoritaire détient assurément une puissance mystérieuse autant qu'illimitée... Fuyons !

Mais, tout de même, si l'autre ours, l'ours sauvage avait su que la dame, la péremptoire vieille dame, n'était armée que d'une petite ombrelle en coton rose... hein ?

# INSECTES ET OISEAUX VIVANTS

Il y fait tiède, fade, musqué ; l'air sent l'oiseau et l'étang, et derrière une cloison de toile une lionne invisible rugit à petits coups... Une pluie d'orage avance le crépuscule de deux heures et éloigne le public ; si l'averse se taisait un moment, on pourrait entendre le grignotement des chenilles découpant en rond les feuilles, dans leurs cages, et le crissement des pattes de lézard contre les vitres, et le frrt entravé des oiseaux...

Un appétit superficiel de connaître nous conduit de cage en cage, de nid en nid — le temps de retenir la couleur feuille morte d'un œuf de bondrée, évident et caché sur son lit de feuilles mortes — de nous égayer à l'humeur sociable d'un petit toucan, tout en bec jaune, avec un court paletot de poil-plume vert ; la mygale lève à notre passage un bras poilu, et l'axolotl secoue ses oreilles-nageoires de cochon rose...

À la condition que cette exposition fût non une éphémère apparition de merveilles, mais un musée durable, nous pourrions pénétrer un peu plus avant dans le secret de tant de vies mystérieuses, que l'homme dédaigne avec une si royale et si stupide indifférence. Le nom de ce poisson surprenant, lame d'écaille claire suspendue dans l'eau, de cet autre tavelé de nacre bleue, frère aquatique des papillons de la Guyane — le nom de ce petit oiseau de flamme violette, de cet insecte démoniaque, nous seraient aussi familiers que celui de la pintade et de la sauterelle...

C'est le temps qui nous manque, mais aussi l'applica-

tion. Nous n'avons pas assez de patience, nous n'avons
que de la curiosité. La stupéfaction nous tient lieu de per-
sévérance, et quand nous avons crié : « Oh !... » nous
croyons avoir pris une leçon... Le sourire de Fabre, assis
en statue à l'entrée de la serre, sait que l'existence de
l'homme semble brève lorsqu'il la passe tout entière penché sur une cité de fourmis... Nous nous sommes précipi-
tés pour épier, dix minutes ou une heure, des insectes
vivants, et des chenilles, et de petits reptiles, mais nous
avions compté sans la frayeur, la répugnance ou la dissi-
mulation de la bête, qu'on ne décide pas de but en blanc
à *vivre* devant nous. La mygale se cache, le ver cesse de
manger, le lézard palpite et s'immobilise ; seules les fourmis travaillent, envers et contre tous. J'espère qu'il y a,
parmi les curieux, des sages qui passent leurs jours ici, en
méditation devant une case vitrée, assis sous la frise de
papillons secs et de scarabées précieux qui refusent de
vivre sous notre ciel, qui meurent si le chasseur les touche,
et ne nous abandonnent que leurs momies étincelantes.

Un des bons génies de ce lieu, un paisible génie à
l'accent berrichon, nous promène et nous assagit. Il sait
combien la terre est petite, pour l'avoir parcourue. Il
essaye de nous montrer comme tout est accessible, et que
le python, la mygale, le lézard des sables ou l'ocelot ne
diffèrent pas tellement, mon Dieu, du chat ou de la rai-
nette... Son mot, c'est : « C'est si facile !... »

— Ça vous fait envie, Madame ? Je vas vous donner un
lézard vert. Et puis mon crapaud, mon crapaud *Maxime*,
voulez-vous l'avoir aussi ? C'est bien facile... Une jolie
lionne de quatre mois, vous devez en avoir besoin d'une ?

— Je voudrais bien, mais...

— Elle est si mignonne, elle couche sur le lit. C'est uniquement une question de place ; il faut un lit un peu grand.
Mais une belle couleuvre à damier, ça se loge facilement...
Non ? Je vois ce qu'il vous faudrait, une petite bête de
dame, pour vous faire société... Attendez, un coati ! Un
coati dans les quinze mois, c'est bien facile...

— Un coati... oui... s'il est bien portant, gai et joli... Est-il joli ?

Le génie du lieu tourne vers moi sa malicieuse figure berrichonne :

— S'il est joli ? Tenez, il est juste comme voilà moi !

# SALON D'AUTOMNE

Comme c'est triste, tant de tableaux rassemblés ! Et comme c'est laid ! Je ne dis pas cela pour faire aux cubistes nulle peine, même légère, — et d'ailleurs les cubistes ne prennent pas souci de moi. Ils sont bien trop occupés, ces novateurs, à leur fonction, toute pneumatique, qui consiste à chasser l'air de leurs tableaux, à oublier cette chose mystérieuse, un peu divine, qu'on nomme la perspective, ce miracle qui a tout à coup, voilà quatre siècles, détaché la figure peinte du mur où elle était collée, empli d'un souffle nécessaire les portraits des arbres et des montagnes et reculé soudain jusqu'au bout du ciel le nuage, la plaine ondulée ou les vagues de la mer...

Pourtant, ô brumes de Corot, ô ciels de Turner, et vous jardins, eaux désaltérantes de Claude Monet, ce n'est pas à vous que j'en appelle, quand je demande au portraitiste de l'éditeur Figuière : « Portraitiste (que vous dites !) de l'éditeur Figuière, comment se fait-il que vous n'ayez pas trouvé — oh ! si peu que ce soit, — l'interprétation cubiste des titres de volumes qui nimbent la tête, si j'ose m'exprimer ainsi, de l'heureux éditeur portraituré ? »

Même avec le joyeux concours du cubisme, ce n'est pas gai, une foule de tableaux. Je sais bien qu'« exposition » c'est l'appellation polie du magasin, et qu'ici on vend de la peinture. Mais dans quelle boutique trouverait-on maintenant ce mépris total du groupement et de l'harmonie ? Si on en avait usé de même au rez-de-chaussée, avec les meubles, l'Art décoratif, plus chatouilleux, eût crié à l'assassinat comme un seul homme, lui qui isole avec amour ses œuvres de choix dans des boxes luxueux ou rustiques. Rien ne manque : la lampe de chevet brûle auprès du lit, le livre est sur la table, et la rose rouge s'effeuille auprès de la jatte de fruits. L'habileté de l'arrangement illusionne à ce point que l'on désire presque, le temps d'un coup d'œil, chaque petit home, étriqué derrière la main courante de velours. Oui, je l'avoue, j'ai voulu qu'on me donnât, pour mes étrennes, cette chambre d'un bleu savonneux, la chambre anémique Pour Personnes Pâles, et le cruel boudoir anguleux, et l'ameublement à coucher, d'un mauve un peu vomi, et les salons en or, et le studio glacial, et vingt autres ! Oui, je serais contente qu'on me les donnât en cadeau, parce que j'aurais l'effronterie de les vendre, et alors je me payerais...

... Je me la payerais, noire, vivante dans sa molle peau et tous ses muscles de bronze, sereine, attentive et pas encore menaçante — je l'achèterais, avec son beau mufle simple, son petit menton irritable, avec ses nobles pattes dont le rythme et l'équilibre enchantent le regard, avec toute sa distinction sauvage — j'achèterais la *Panthère* de M. B...

# LA SALIVATION PSYCHIQUE

« Dans un jardin d'une des îles de Saint-Pétersbourg, le professeur Pavlov est en train de faire construire un nouveau laboratoire, comprenant des chambres d'isolement strict, où tout fonctionnera automatiquement... »

Vous songez, en lisant ces lignes, à des tuberculeux, qu'on isole, ou à des déments qu'on soigne ?... Il s'agit simplement de faire saliver des chiens. Un chien salive toutes les fois qu'on lui donne à manger ou qu'on lui montre un aliment qui lui plaît. Le professeur Pavlov et ses « nombreux » — hélas ! — élèves s'appliquent à provoquer cette sécrétion, au gré d'une méthode purement psychique. Ces messieurs n'ont pas perdu leur temps ; un des élèves, Orbéli, a habitué un chien à saliver toutes les fois qu'on lui faisait voir la lettre T sur un fond clair : c'est, dit-il, le résultat d'un travail de six mois. Un autre chien a été dressé à « réagir vis-à-vis de treize couples d'excitants », il salive ou non, suivant qu'un accord musical est majeur ou mineur, que le son vient de sa gauche ou de sa droite, que la gamme est ascendante ou descendante ; il salive au son d'un métronome, à condition qu'il ne l'entende qu'aux heures et aux demies ; le même son, ouï aux quarts des heures, le laisse sec.

Il a fallu, pour cela, huit mois, dix mois, un an de dressage, mais le professeur Pavlov nous promet d'obtenir « mieux encore »...

C'est bien terrible, un savant lâché, en liberté, à travers le monde. Nous savons qu'il est nécessaire, ce gaspillage de forces, de temps, de trouvailles mécaniques, d'électricité, de bâtiments spéciaux, autour d'une idée. Mais celle-ci est génératrice d'images saugrenues ou pénibles, et ne fait pas fleurir en nous, nous commun des mortels, l'enthousiasme des découvertes rayonnantes à qui l'on jette, en sacrifice presque joyeux, des hommes et des bêtes vivantes. Ne songeons pas trop longuement aux « dressages » du docteur Pavlov et de ses nombreux élèves : nous finirions par trouver, par comparaison, que les vivisecteurs ne sont pas de si méchantes gens...

Quel beau cauchemar pour un des disciples du savant russe : le docteur Pavlov capturé par des chiens, enchaîné, isolé dans un de ses nouveaux pavillons, harcelé par le battement des métronomes, la vue de l'aliment offert et repris, les décharges électriques, l'apparition et l'extinction d'une lampe rouge, les accords majeurs et mineurs, jusqu'à ce qu'il ait — ô victoire de la science — salivé devant la lettre T !

# LES LUTTEURS AU CIRQUE

Des blancs, des jaunes, des noirs, des roses, des beiges, des mauves, il y en a de toutes les couleurs. Cet étal de viande, lorsque pendant la « présentation » ils ceignent le cirque d'une immobile et vivante palissade, frappe, mais non d'admiration. Pour quelques-uns demeurés sveltes — un Hollandais vert et vif comme un lézard, un Allemand tout d'argent rose, peau et cheveux — la plupart sont colossaux, gâtés par l'obésité, par le jabot de chair des « poids lourds ». Beaucoup ont à la nuque un bourrelet dodu, et un doux regard sans pensée.

En dépit des férocités permises du « catch as catch can », il n'y a dans la lutte qu'un moment tragique : celui où l'homme qui est en dessous sent ses épaules plier, où ses omoplates approchent, ligne par ligne, du sol, puis frôlent enfin la laine du tapis... Il n'est guère, à cette minute, de face prognathe, de mufle bovin, qui ne s'ennoblisse d'une douleur *morale*, qui ne crie, non pas le supplice des os et des muscles, mais le *chagrin* d'une âme humiliée.

Des huées, des bravos, des sifflets, accueillent celui qu'on semblait attendre : le lutteur chinois, le monstre. C'est un homme, cela qui s'avance, boitant d'une jambe, dans l'arène, en balançant une grande tête sans front, presque sans yeux, tout en mâchoire, en naseaux écrasés ?... Cela, qui avant d'étendre les mains vers son adversaire, ouvre, d'un mouvement affreux, une gueule qu'on tremble de croire affamée ?... Ses coups ont la lenteur ; la maladresse terrible des bêtes démesurées. Placidement, il écrase le cœur de l'homme couché sous lui, et qu'il regarde, toujours béant, et qu'on lui ôte... Ses vastes pattes laissent glisser la proie, et se tendent vers elle ensuite, comme pour une requête sanguinaire : « Je n'en aurais mangé qu'un petit morceau... »

# BEL-GAZOU ET BUCK

Une pluie régulière et fine crible la capote relevée de la voiture d'enfant. Elle est embusquée là-dessous comme un petit douanier dans sa guérite, et plus éveillée qu'une potée de souris. Il y a sur ses joues brunes la buée transparente, le velours d'impalpable humidité qu'une nuit froide suspend aux fruits ; le tablier ciré, la peau d'agneau blanche ondulent sur la danse incessante de deux petites pattes chaussées de laine, qui taquinent la boule d'eau chaude.

Ainsi Bel-Gazou regarde, du haut de la terrasse, venir la troisième saison de sa vie. Ses yeux vagues de nouvelle-née ont d'abord cligné sous le bleu insoutenable d'une fin d'été, puis les premières feuilles jaunes se sont posées sur son voile de tulle. À présent la voiture remplace le moïse, et Bel-Gazou y tient, entre dix heures et quatre heures, à peu près le même office que son voisin, Buck, le chien de garde.

Il a quinze mois, elle en a cinq. Comme lui, elle connaît les deux coups de cloche du déjeuner, et les salue par des cris variés. Elle sait, comme lui, que le va-et-vient du jardinier ne mérite point d'attention : un demi-sourire, un frétillement amical, c'est assez. Le passage des bestiaux n'agite ni l'enfant ni le chien — les « ploc » des pieds larges dans le chemin défoncé, le lent défilé des bêtes rousses, en frise au bord de l'horizon — cela appartient encore, pour Bel-Gazou, à un ordre d'événements trop amples, évidents et indistincts comme la course du nuage et la marche du soleil sur le mur. Si le ciel noircit, si l'averse choit soudain en rideau déroulé, il n'y a pas de quoi changer l'humeur des deux compagnons : Buck aime l'eau et Bel-Gazou rit, tandis qu'on l'emporte, sous la bonne cinglée de pluie qui roule en larmes sur ses joues rondes... Trois longues heures calmes, après midi, donnent à Bel-Gazou et à Buck le repos et le rêve. Une sagacité pareille commande à tous deux un loisir complet, durant lequel la bête repue abandonne l'attitude correcte du chien de garde, pattes jointes et museau tourné vers la route ; Bel-Gazou, rassasiée, bat des cils et cesse d'éprouver, sur la dentelle de son coussin, la force neuve de ses mains destructrices. Elle est alanguie, embellie, comme fardée de chaleur et de bien-être. C'est l'heure où elle accueille les hommages par un regard sans âge, un regard de femme, condescendant et distrait. Elle ne réclame rien, qu'une paix rituelle et sacrée. Les ombres connues, les visages familiers apparaissent sur la terrasse, sans que Bel-Gazou pousse vers eux son appel de paon, sans que Buck daigne dresser l'oreille.

Mais le sable crie, mais une silhouette inconnue grandit au fond de l'allée, et l'odeur insolite offense les narines de Buck hérissé. L'intrus se penche sur la voiture où somnolait Bel-Gazou, Bel-Gazou maintenant éveillée, et qui regarde, au-dessus d'elle, l'assaillant penché... Elle a peur. Elle va suffoquer, battre son coussin de ses bras courts et éclater en cris suraigus... Non. Entre les deux attitudes que peut prendre un être menacé, elle a déjà *choisi*. Rassemblant toutes les armes de sa vivace faiblesse, elle abaisse ses sourcils, ses prunelles soutiennent fermement le regard de l'étranger et, sourdement, du fond de son gosier, elle gronde.

# CONTE POUR
## LES PETITS ENFANTS
### DES POILUS

Au seuil d'un gourbi de terre et de lattes, le soldat veillait. Il était bardé de laine en lambeaux, botté de moquette, casqué de tricot, lourd et massif comme une primitive idole à peine extraite de son bloc. Mais quand il levait la tête vers la lune inexorable, on distinguait la blonde couleur d'une longue barbe de jeune homme, et deux yeux aussi bleus que la nuit.

— Il fait froid, chuchota-t-il, il fait froid.

Non qu'il grelottât, mais il soufflait ces deux mots presque inconsciemment, et s'amusait de son haleine blanche. Il écoutait le silence comme il eût écouté un bruit insolite, le silence récent, inexplicablement purgé de tout tonnerre et de tout éclair de mitraille. Autour de lui, il n'y avait que les fétus, les gravats, moellons en poudre et pierre en cendres, les scories de la bataille qui ne laisse rien de grand derrière elle, que les morts.

Le soldat qui veillait se battit un moment les flancs de ses deux poings, puis reprit son immobilité. De longs jours de gel, des nuits de bise d'est avaient retiré à la terre sa brune et vivante humidité. Seule, la poussière du froid sans neige couvrait la hutte, la jonchée de bois haché, les houseaux de moquette et les joues fendillées du jeune soldat.

Quelque chose, soudain, bondit et s'arrêta : une mince martre jaune, vêtue de neuf par les mois rigoureux, chassait. Elle s'assit en écureuil, peigna sa queue, se gratta, regarda la lune.

— Psss, psss, appela le soldat.

La martre fit un saut comique, comme si elle eût éclaté de rire avec tout son corps, et disparut.

Quittant sa sérénité de pâtre, le soldat se tourna vers l'intérieur de la hutte, y contempla, à la flamme basse d'une lampe, ses biens fragiles : une couverture, des armes, et des journaux déployés.

— *Pour nos poilus*, lut-il. *Les étrennes de nos poilus. La Noël de nos poilus.* C'est vrai, c'est demain Noël... Poilus, poilus, hélas, pas assez poilus. Je ne suis qu'un soldat timide, et le sang me fait horreur, et le froid me pétrifie. Si du moins j'avais, comme la martre, un pelage, un vrai... Ce froid me serre la tête, j'ai peur de dormir... Si j'avais, comme la martre, une fourrure à moi, bien implantée dans ma peau...

Il rêvait, à demi couché, raidi, tenté par l'immobilité éternelle :

— Mais quelle toison me réchaufferait, à présent ? Est-ce qu'il n'est pas trop tard ?

Il essaya de se relever, ses jambes n'obéirent pas à son effort.

— C'est la mort, sans doute. Le sommeil de la mort. Un peu de chaleur m'eût sauvé... Si j'avais eu...

— Si tu avais eu quoi ? glapit une coupante petite voix de martre. Une fourrure ? Tu n'as qu'à choisir et à souhaiter.

La martre, assise sur la couverture, s'exprimait avec une assurance pédagogique, en remuant le bout du museau, et jouait en parlant avec la barbe blonde du soldat.

— Elle parle, dit-il en lui-même. Ai-je déjà quitté le monde où les hommes et les bêtes, ennemis et frères, ne se comprennent plus ?

— Tu ne sais donc pas, poursuivit la martre, que cette nuit est une nuit entre toutes les nuits ? Cela, je te le passe encore. Mais comment n'as-tu pas deviné, rien qu'à me voir tout à l'heure, que je suis une martre entre toutes les martres ?... Tu veux, résumons-nous, une fourrure, une fourrure née de toi, vivante avec ta peau, une fourrure pour courir, combattre, dormir au chaud ?

— Au chaud... répéta le soldat. Au chaud... ah ! avoir chaud...

— Retourne-toi, commanda la martre. Et choisis.

Un poulain bourru, tout pétaradant, arrivait on ne sait d'où, sur ses muets sabots non ferrés. Il montra ses dents plates dans un sourire anglais et hennit au soldat :

— Tu veux une peau ? Prends ma peau, ma bonne peau. C'est solide, un peu raide, inusable, c'est une peau...

— Qui ne vaut pas la mienne, bêla une chèvre grise. Pauvre homme, né tout nu, prends ma peau de chèvre, au lieu d'écouter ce poulain mal peigné. N'est-ce pas ?

Elle loucha d'une manière assez démoniaque, et brouta, comme par mégarde, la *Semaine catholique* qui enveloppait une poignée de tabac.

— Il y a mieux, cria en fausset, de loin, l'ours laineux qui passait, au gré d'un flot clapotant, assis mollement sur un petit iceberg confortable. Je ne dis rien de plus : il y a mieux.

Le flot s'éloignait, et l'ours voguait comme un nuage énorme. Avant que le soldat eût pu répondre, une bête douce et sombre frôla sa jambe, et il se pencha vers une loutre de rivière, qui apportait avec elle l'odeur de la menthe des marais, du jonc fleuri et des roseaux. Elle se dressa debout, pour montrer mieux le velours ruisselant de sa robe, les perles de glace pendues à ses raides moustaches, et dit, légèrement enrouée par le brouillard des étangs :

— Tu me vois, toute mouillée, toute brodée de glace ? Touche-moi, et tu vas sentir, peu à peu, ma chaleur monter vers ta main, ma bonne chaleur égale, la chaleur de mon sang de loutre, bien défendu contre l'eau, la bise, le ruisseau qui charrie les glaçons... Tu la veux, dis, ma belle peau ?

Elle parlait encore, que sa voix fut couverte par les grattements, les reniflements, les bavardages étouffés d'une foule quadrupède, dont les dos multicolores moutonnaient sous la lune jusqu'aux collines d'argent, jusqu'au nuage en fuseau couché sous les plus basses étoiles :

— Et nous, et nous, nous les mille et mille lapins bleus, lapins noirs, lapins blancs et roux, nous les lapins sans malice, bien vêtus et mal coiffés ? Veux-tu, rude lapin, la fourrure d'un brave lapin ?

Ayant dit, tous à la fois, ils se turent, tous à la fois, par humilité devant celle qui approchait. Et le soldat ébloui crut que la lune elle-même lui rendait visite, lorsque la Chatte Blanche se posa, comme descend un flocon, sur sa couverture. Elle vibrait toute d'un ronron cristallin, et dans son poil se jouait le vague et pâle arc-en-ciel qu'emprisonnent les aigrettes de verre filé. Elle chanta comme une viole, en peu de mots, rythmés par de savants silences :

— La neige... le cygne... le nuage ourlé d'argent... la graine du chardon, voguant sur un souffle... la colombe et l'hermine, et le col de ta bien-aimée sous un ruban de velours noir... tout est moins blanc que moi. Je suis belle, dis ?

— Oh ! belle... murmura le soldat. Il lui parlait bas, et plein de crainte, comme à une femme.

Elle arrêta sur lui ses yeux verts qui ne clignaient pas, et il eut envie de toucher du doigt ses petites narines roses et régulières.

— Passe la main sur mon dos, poursuivit la Chatte. Un feu crépitant suit ta paume, — ainsi l'eau phosphorescente dessine les pas du promeneur, la nuit, sur une plage mouillée. Veux-tu que je roue comme un paon, non de plumes, mais d'étincelles ? Prends, pour ton plaisir, pour ton repos, prends, pour garder la vie de tes membres, prends, — car la nuit va finir, avec le charme — prends la robe de la Chatte Blanche...

Il souhaita la robe, et la Chatte elle-même, qu'il voulut princesse dans sa hutte, mais ses bras refermés n'étreignirent qu'une toison blanche, vide, chaude encore d'une présence miraculeuse...

Un coup de feu, sec et clair, éveilla le soldat endormi, qui reçut entre ses paupières étonnées le premier rayon horizontal et rouge de l'aurore d'hiver. Sur sa poitrine, sur ses joues, à la place de sa barbe blonde, une toison sans tache, micacée, une prodigieuse fourrure, la fourrure...

— Mais oui, se dit-il, *ma* fourrure. Celle que la Chatte Blanche m'a donnée.

Une salve plus proche le mit debout, la main sur son fusil. Fidèle encore à ses songes, fier de son pelage sans pareil, il se jeta dehors. Mais au premier pas il vit s'envoler, en duvet voltigeant, la neige qui, pendant les heures de la nuit, avait chu dans sa hutte mal close et couvert sa barbe.

— De la neige, seulement de la neige... murmura-t-il.

Et pourtant son jeune sang battait encore, magiquement réchauffé, comme bat le sang généreux des bêtes bien vêtues. Le canon, après la fusillade, recommença de compter les secondes d'une nouvelle journée de bataille, et le soldat, inconsciemment, enfla sa poitrine et ferma ses poings lourds, en soufflant comme l'ours. Un de ses compagnons, surgi de tous les souterrains de la plaine, tomba, et le soldat grinça des dents, avec un féroce sourire, comme la martre. Il prit son arme, s'élança d'un bond félin et sûr, et courut. Il avait si chaud qu'il eût voulu jeter, en courant, tous ses vêtements de laine misérable. Il courait, délivré de toute crainte, il courait, portant sur lui le cadeau de la nuit merveilleuse, sa nouvelle et sauvage bravoure, apportée par les bêtes de Noël.

# LES CHIENS SANITAIRES

(Hiver 1913-1914.)

Le vent souffle de l'est, et la neige ne fond pas, sur les hauteurs de Meudon. Mais Nelly et Polo, « chiens sanitaires », sont au chaud sous leur rude chape de poil. Quand ils lèvent la tête vers le capitaine X..., on voit leur médaillon officiel, leur croix rouge de brancardiers.

... Un homme est dans le bois, couché sur la neige, un autre gît par là, très loin, au creux d'un fossé gelé. Il s'agit, pour les chiens, de les trouver et de les « signaler ».

— Allez, Nelly ! Allez, Polo !

Nelly est une doyenne, une chienne de berger allemande, alourdie par l'âge, blanche au museau. Elle fait son métier en vieille routière, elle « croise » sagement, ménageant ses forces, tandis que Polo, bouvier des Flandres, l'œil en or, fougueux et jeune, flaire le vent, s'agite, puis fonce droit devant lui... Nelly, qui s'éloigne, est toute petite au milieu d'un pré, où son trot crève des miroirs de glace dont nous entendons le bris musical. Soudain elle s'arrête, penchée sur quelque chose que nous ne voyons pas, et rit de tout son corps : la queue fouette, les reins frétillent, nous devinons d'ici son sourire de renard aux lèvres relevées... Puis elle saute et disparaît dans un pli de terrain.

Mais déjà Polo revient, fauve sur la neige, au galop, un képi aux dents ; l'eau d'un ruisseau traversé gèle sur lui et colle ses poils, un glaçon coupant a fendu la peau de sa patte, mais il exulte, il ne sent ni le froid, ni le mal, il remet le képi, la « preuve » à son maître, et l'emmène vers l'homme gisant...

— Et Nelly ?... Ah ! la voilà !

La doyenne retraverse le même pré, franchit les mêmes flaques gelées ; à chaque saut, on voit danser son dos de louve engraissée...

— Mais... elle ne porte rien ? Elle n'a rien trouvé ? Oh ! Nelly !

L'honnête travailleuse ne couche pas les oreilles sous le blâme, et dépose dans la main du capitaine X... une petite croûte de fromage de gruyère. Car son homme, à elle, n'avait ni képi, ni mouchoir, et le museau habile, plongeant dans une poche de l'homme inerte, n'a trouvé que cette preuve, tentante mais sacrée, où les dents de Nelly ont à peine marqué.

Et malgré nos rires et ceux des « blessés » qui reviennent poudrés à frimas, chacun de nous songe probablement au jour où le jeu, la leçon seront la vérité sombre, où cent, où mille hommes couchés sentiront leur sang tiède se refroidir sur la neige — l'attente... la nuit qui vient... l'espoir de la bête intelligente, du brancardier à quatre pattes qui n'a jamais peur, qui n'est jamais fatigué, qui voit et flaire à travers l'ombre... L'attente... la vie qui s'en va — et soudain l'haleine canine, le museau frais, la langue amicale qui essuie ensemble le sang et les larmes de faiblesse — le secours, toute la chaude vie qui revient.

# LA PAIX DES BÊTES

Au front des armées, les bêtes sauvages partagent le sort de l'homme : les terriers tremblent, croulent et sautent, la branche foudroyée tombe avec l'oiseau qu'elle portait. Mais dans nos bois préservés, le gibier qu'on oublie se rassure et peut croire que la terre est revenue à l'innocence, et les bêtes goûtent enfin l'illusion de la paix.

Nulle parure de fleurs ou de feuilles n'adoucit encore leur domaine, ces beaux bois sévères qui environnent Paris, les forêts de Marly, de Saint-Germain, et les champs labourés où la perdrix n'ignore pas qu'elle est couleur de glèbe. Le bourgeon des chênes dort, et le soleil glisse sur l'argent soyeux des châtaigniers nus. Au-dessus du parc, un pêcher rose, un amandier blanc s'effeuillent de froid. En cherchant des violettes sous les feuilles sèches et sous l'herbe morte de l'an dernier, nous trouvons seulement des glands germés, rouges comme des cerises et qui lancent, hors de leur coque crevée, un délié, un tenace et vivant fil qui plonge, aveugle, intelligent, dans la terre humide... Il n'y a pas d'enfants cueilleurs d'anémones, ni de fagoteuses, et pourtant la forêt vivante crépite de pas légers, de claquements de becs, de cris printaniers, de battements d'éventail : voici sur nos têtes, à nos pieds, partout, les êtres qui n'ont pas cessé, malgré nous, d'espérer en nous.

Pour une trêve de quelques mois, quelle confiance ! Une mésange nous suit, nous dépasse, revient, nous parle. Pendant chacune de ses pauses, elle ouvre et ferme ses ailes, tout près de nos visages, par coquetterie, et ses yeux brillent sous sa petite coiffe de velours. Une colonie de pinsons ne fuit pas à notre approche, appelle interrogativement, dialogue, s'occupe de nous, et deux rouges-gorges s'échappent sans hâte des basses branches, courent sur le sol devant nous comme deux souris...

Un lapin, deux lapins, dix lapins !... Mais ce n'est pas la fuite éperdue des autres années, le derrière blanc aperçu et évanoui dans la même seconde. C'est seulement l'émoi, et surtout l'indécision : faut-il fuir ? faut-il rester ?... S'arrêter dans sa course, et regarder derrière soi, n'est-ce pas déjà une grande hardiesse, pour un petit lapin de garenne sans cervelle ? Le plus aventureux se tient debout, en kangourou. Il est couleur de froment mûr, et joint les oreilles. Il serre ses pattes de devant contre sa poitrine, humainement. Peut-être qu'il va crier : « Ah ! que vous m'avez fait peur ! » Peut-être qu'il va rire...

Au premier tournant de la route forestière, il faut, lorsque nous repartons, que la voiture s'arrête court, car ses roues ont bien failli écraser, rouges et or comme le soleil qui se couche, majestueux sous leur manteau à traîne pointue, ronds et cossus comme des bouquets de campagne, cinq faisans qui traversent la voie sans hâte, dédaigneux familiers, et qui semblent nous dire, sur le rythme de leur petit pas dandiné de poules grasses : « Vous êtes bien pressés... C'est notre tour. Attendez... atten-dez... at-ten-dez... »

# Table

Photocomposition réalisée par

**NORD COMPO**

59650 Villeneuve d'Ascq

---

IMPRIMÉ EN FRANCE PAR BRODARD ET TAUPIN

Usine de La Flèche (Sarthe).

LIBRAIRIE GÉNÉRALE FRANÇAISE - 43, quai de Grenelle - 75015 Paris.

ISBN : 2 - 253 - 13978 - 5 ◈ 31/3978/9